# 保田與重郎を知る

前田英樹

新学社

# まえがき

保田與重郎《やすだよじゅうろう》は、昭和の戦前、戦後を通じて「文芸評論家」と呼ばれ、主として古くからの日本の文芸、美術、思想、信仰などをめぐる膨大な著述を残しました。その仕事の内実は、とても評論家といった軽々しい名前が釣り合うものではありません。この人が「文芸評論家」と呼ばれた理由を説明するには、昭和の初期に、日本で一挙に開花した「文芸批評」というものの特別な役割を考える必要があるでしょう。

明治維新を経て、諸外国と、とりわけ欧米列強と渡りあって近代日本を明確に作り出さなければならなくなったこの国は、政治や経済や生産組織の上だけでなく、文化の上でも徹底した改変を試みなくてはなりませんでした。そこでまず必要なことは、日本の文化のあらゆる領域が、欧米諸国から見て理解できるもの、翻訳可能なものになっていることでした。

書き言葉の改革は、不可欠なものだったと言えます。日本語を対象にした近代的な文法は、明治になって慌ただしく制定されます。その動きと連動して、話し言葉と書き言葉との標準的な統一、いわゆる「言文一致」の辛抱強い試みが、明治の知識人によって実行されていきます。日本の文章が、漢文訓読という千年以上の歴史を持つ基盤から離れていくのです。明治の「新体詩」や「小説」が、こうした努力から誕生し、やがて近代詩や近代小説を生む。

学問の言葉もまた、「言文一致」の努力のもとに一新されます。日本の近代的学問は、欧米諸国の例に倣《なら》って、新設される大学のなかでだんだんと組織づけられていきます。これと並んで、明治の日本は、活版印刷による「新聞」「雑誌」という新しい伝達の道具によって、近代ジャーナリズムの文章を生み出していきます。大まかに言えば、日本語によって書かれる新しい論理的散文は、一方では大学のなかで、他方では明治のジャーナリズムのなかで形成されます。その流れは、大正から昭和へと続き、発展していきます。

昭和初期の「文芸評論家」は、この二つの流れのいずれにも従うことなく、日本語による新たな論理的散文を作り出すことに非常な努力をした人たちです。少なくとも、彼らのうちの最良の部分は、みなそういう自覚をはっきりと持って文章を書いていた。そのようにして作り出される論理的散文は、それ自体が、詩にも小説にも劣らない、近代日本語による「文学」でなくてはなりませんでした。このことを、大学に閉じこもる学者とか、新聞、雑誌で論を張るジャーナリストとかに期待することはできなかったのです。

もちろん、明治初期から大正に至るまで、小説家や詩人らによって、あるいは岡倉天心や内村鑑三らのような思想家によって書かれたすぐれた論理的散文が、文学論や美術史の試みがあります。けれども、近代日本語による批評文が、詩や小説と競い合うように、それ自身のなかに独立の価値をはっきりと求めるようになったのは、昭和になってからだと言っていいのです。

昭和初期に登場してきたこのような「文芸評論家」のなかで、今最もよく読まれている人は小林秀雄でしょう。保田與重郎は、小林よりも八歳年下で、その分だけ文壇登場の時期は遅れますが、二人は生涯にわたって、ほぼ同じ時代に文章を書いています。

「文芸評論家」の使命は、近代日本語による論理的散文を、できる限りの高みにまでもたらすことでした。そこに表現されるものは、もちろん第一には「思想」でしょうが、この「思想」は、ただの理屈や観念の集まりであってはなりません。文章という肉体のなかに発光してくる取り換えのきかない意味でなくてはなりません。思想と称される理屈を言い募《つの》る人は、大学の学者にもジャーナリストにもいる。けれども、論理的散文の新たな力のなかに繰り返し「思想」を産む人は、ほとんどいない。昭和初期の「文芸評論家」は、進んでその役割を引き受けようとしたのです。

こういう役割は、ヨーロッパでは主として「哲学者」たちが引き受けてきたものです。近代日本で「哲学」を行なっていると自称する人たちは、往々にして西洋哲学の紹介者であるか、仲間内でだけ通用する奇妙な「哲学論文」を書いている。批評文の自立に骨身を削った人たちが求めていたことは、近代の日本語によって、私たち自身のこの命を、暮らしの根本から活気づかせることのできる「思想」を産み出し、造形することでした。だとすれば、「文芸評論家」

という肩書は、彼らが世間から押し付けられた仮の名だと言ってもいいくらいでしょう。彼らは、その仮の名にまことに辛抱強く耐えました。

保田與重郎は、そのような「文芸評論家」のなかで傑出した文業を遺しています。この人くらい、この名が完全に、異様に不似合いなところまで昇りつめた「文芸評論家」はいないでしょう。彼自身は、自分が「文人」と呼ばれることを好んだようでした。いや、「文人」たることは、彼の一貫して強固な志であり、願いでした。では「文人・保田與重郎」が産んだものは、いったい何だったのでしょうか。それを産むことは、何がどのようにして、可能にさせたのでしょうか。そのことを簡潔に素描することが、この小さな本の目的です。

保田與重郎を知る

目次

保田與重郎選文集……163

装丁＝友成　修

# 凡例

・保田與重郎の引用文及び選文集は、保田與重郎文庫（新学社）及び保田與重郎全集（講談社）に依拠し、正字体・旧仮名遣いとした。
・折口信夫及び本居宣長の引用文については、各々、折口信夫全集（中央公論社）、本居宣長全集（筑摩書房）に依拠した。
・引用文及び選文集ルビについてはテキストに準じ、さらに読みやすさを考え、適宜新仮名ルビを付け加えた。尚、付け加えたルビは編集部によるもので、区別のため〔　〕を付した。
・著者の註は〔　〕で表示した。
・保田與重郎の年齢については、数え歳で統一した。

# 第一章

# 生涯

# 誕生の地

保田《やすだ》與《よ》重《じゅうろう》郎が生まれたのは、明治四十三年（一九一〇年）四月十五日のことです。場所は、「奈良縣磯城《しき》郡櫻井町四百番屋敷」、現在の奈良県桜井市です。父は奈良県田原本の森川氏から養子に入った槌三郎、母は保榮といい、與重郎は四男三女の長男でした。保田家は古くからの山林家で田畑を持ち、綿糸業を営んでいた時期もあったようです。與重郎が生まれる二年前に普請《ふしん》された建物は、今でもよく保存されて残っています。古格を守って豪壮な、奥行きの深い商家風の家構えで、江戸中期の建物と言っても、信じる人は多いでしょう。

與重郎の生家が、林業や綿糸業に関わる旧家であったことは、大切な意味を持っているように思われます。古くから日本では、米を作ること、糸を紡いで機《はた》を織ること、木を植えて家を建てることは、神聖な三つの仕事とされてきました。この三つが整うことによって、人は衣食住の独立を手に入れることができます。しかも、これら三つの仕事は、丹精を尽くせば自然のなかで永遠に循環して、人々を平和に生きさせることができる。これは生業の姿をとったひとつの深い信仰として、日本の歴史のなかに黙って根を張っていた考え方、生き方です。

保田が生まれた頃の大和桜井は、林業で大いに栄え、また周囲には見渡す限りの美田が拡がる町でした。保田家の古くからの生業は、こうした暮らしのなかで営まれてきたのでしょう。

大和桜井の地は、倭の国が発祥した場所だと言うことができます。三輪《みわ》山と鳥見《とみ》山とを結ぶ線に沿って開けた小さな平野のなかに十二を数える都址《みやこあと》が点在し、古墳数は約五千と言われている。平野の北を流れる泊瀬《はつせ》川と南を流れる粟原《おおばら》川の間で形成された広い中洲は、磯城島《しきしま》という語の元となったものでしょうか。この磯城島は、「しきしまの大和の国」と枕詞にも用いられて、大和の国の別称そのものでした。保田與重郎が生まれ、育った地は、この磯城島にほかなりません。その語り尽くせない歴史の景観について、晩年の保田は、たとえば次のように書いています。

> 三輪川〔泊瀬川〕をさしはさんで瑞籬宮《〔みずかきのみや〕》や金刺宮《〔かなさしのみや〕》のある景色は、かなたには雄略天皇の朝倉宮の泊瀬の谷がのぞまれ、谷あひの北は長谷の山、また南は忍坂《おさか》の山、倉橋の山が、この都の東側に聳《〔そび〕》え、南には鳥見山、多武峯《〔とうのみね〕》の山、そして三輪山の日おもての山麓が都の地である。その三輪山のふもとを廻《〔めぐ〕》つて、山裾の西側を北にのびてゆくのが、山ノ邊《〔やまのべ〕》の道であつた。
> 　瑞籬宮は國の初めの土地である。その風景の美しさは、國と民のふるさとといふ情緒に彩られる。こゝから拝する泊瀬川の谷あひを昇る日の出の姿が、「日出《〔ひい〕》づる國《クニ》」のとなへのも

とである。國といふことばと、土地といふことばとは、遠い太古には同じ意味だつたのである。

瑞籬宮、金刺宮を中心とした平野の風景の美しさは、ここ十年間に變化した。いづこも同じ今日の國土の姿である。しかし嘆くことも詮《せん》ない。金屋《かなや》のはづれの泊瀬の川岸をゆきかへりする時、なほむかしの俤《おもかげ》が、わが心のなつかしい思ひにふれるものがあつた。

(『山ノ邊の道』昭和四十八年)

ここで保田が回想しているのは、なつかしい少年時代の大和の田園風景だけではありません。「金屋のはづれの泊瀬の川岸」は、欽明天皇の時代、金刺宮に仏教が伝来した場所です。大陸から経典と一体の仏像を運んだ船が、泊瀬川のこの川岸に入ってきた。その時のことは、『日本書紀』にも明記されています。当時、金刺宮のあたり一帯は、国際港の活況を呈していたのです。保田與重郎の眼は、そのような歴史の無数の情景を、桜井の地にじかに観て取ることができたのでしょう。それは、幼い頃からの凄まじい読書を通して、彼がごく自然に身につけていった「歴史の風景」への透視能力によります。その能力は、元禄期の芭蕉にあったものと大変似ています。

子供の頃の保田の読書は、どこが凄まじかったのでしょう。それはまず、重要な日本古典を暗誦できるまでに読んだというところにあります。『萬葉集』『古事記』『古語拾遺《こごしゅうい》』『延喜式祝詞《のりと》』などは、とりわけ徹底して読まれていたでしょう。王朝時代の和歌、物語から近世の俳諧、戯作《げさく》本の類まで、おそらくこの少年は、ひとりで読みふけっていたに違いありません。『萬葉集』などは、鹿持雅澄《かもちまさずみ》の注釈書『萬葉集古義《こぎ》』によって文字通り暗記されていたと思われます。そうした本は、たまたま家にあったのではありません。彼が求めるままに、彼の父や祖父が買い与えたものだったのです。それで、奈良の畝傍《うねび》中学校を卒業する頃には、すでにこの少年は、学校の勉強とはかけ離れた本格の教養を身につけてしまっていた。

この読書法は、後の文芸批評家、保田與重郎の文学界における孤独というものを約束しているようにも思われます。少年時代の保田には、異常な早熟児といった面影は少しも見当たりません。学校の教師を馬鹿にした様子もない。むしろ、親や先生を自然に敬う素直さに溢れていたのではないでしょうか。それは、後年の彼の追想から充分に読み取ることができます。

しかし、この少年の感覚には、やはり人並みをはるかに超えたものがあったと言わざるを得ません。そもそも彼には、なぜそのような古典の暗記力があったのでしょうか。これは、試験に強い人の記憶力とは、何の関係もありません。この少年のなかで、おそらく『萬葉集』や『古事記』の原文は、何にも置き換えられることなく、そのまま彼の感覚の淵に沈み込んだのではないでしょうか。

それらの言葉を意識の表面に引き上げるには、彼には何かちょっとした感覚の緊張があればいい。ちょうど、味や匂いが身体の奥から蘇《よみがえ》るのと同じです。彼にとって、『萬葉集』のような古典の言葉は、いつもそういうものとして生々しく保たれていた。その言葉は、大和桜井の風景との間で、絶え間ない共鳴音を響かせていたのでしょう。彼が賦与されたこの感覚の特異さは、どんなに想像してみても、不思議と言うよりほかはありません。

## 和歌への執心、大阪高等学校時代

畝傍中学校を卒業した保田與重郎は、昭和三年、旧制大阪高等学校文科乙類に入学します。乙類とは、主として学ぶ外国語がドイツ語であるクラスのことです。甲類は英語。彼は、高等学校に入った頃には英語を学ぶことを好まなかった、イギリスにもイギリスの文学にも感興が起こらなかったと回想しています。たぶん、その小さく囲われた明晰《めいせき》さのゆえでしょう。彼が好んだ西洋の文学はドイツ・ロマン派のなかにありました。当時、日本でもてはやされたフランスの近代文芸などは、問題外だったようです。アメリカとなれば、さらに問題外でした。こうした傾向は、保田の生涯を通してほとんど変わっていません。

十代の頃から、保田が最も好んだ文学は、当然のことながら日本古典にありました。これは、文学として好んだというにとどまりません。『萬葉集』を根幹とする和歌の系譜は、彼にとっては感覚、感情の深い土壌であり、教義に染まることの決してない道徳とも信仰ともなっていました。高等学校の頃から、彼は歌を詠むことに常に執心し、『アララギ』への投稿も始めます。もっとも、保田は「アララギ」という、多分に西洋美学の影響下にあるこの大短歌結社の文学運動には、一貫した嫌悪を抱いていましたが。彼自身は、大阪高等学校の同期生たちと短歌同人誌『炫火《かぎろひ》』を創刊し、田中克己と共に編集の任に当たりました。

和歌に対する保田の生涯の執心には、この文人を知る上で非常に重要なものがあります。本《もと》居宣長《おりのりなが》は、京都遊学時代の若い頃に、堀景山塾の同門、清水吉太郎に宛てた書簡のなかで「僕の和歌を好むは、性也《〔せいなり〕》。又た癖也《〔へきなり〕》。然《〔しか〕》れども又た見る所無くして妄《〔みだ〕》りに之《〔これ〕》を好まん哉《〔や〕》」と書いています。清水吉太郎は、儒学の俊英ですから、理によって「聖人の道」を説くことには抜きんでた才を持っている。それで、同門の宣長が情緒の戯れに過ぎない和歌などをしきりに詠んで、「聖人の道」の哲学に一向無頓着なことが気に喰わない。一体それでも学に志す者のはしくれであるか、というわけです。この難問に対して、宣長が先ほどのように応えた。

詠歌というものについて、変わることなく保たれた保田與重郎の愛着を見ていると、宣長のこの書簡の言葉は、そっくり保田のもののように聞こえてきます。和歌を好んでやまないのは、

昭和5年、大阪高等学校時代（21歳）

自分の性癖である。けれども、この性癖が由来するところの意味には、単に性癖と言って済ませられない、まことにもって深刻なものがある。偉そうな理屈を振り回して、「道」の説教を繰り返しているような学者には、そこのところがわかるまい。詠歌は、人が言葉の工夫をもって性情を練り、身を修める最上の「道」である。人がほんとうに必要とする「道」は、「歌」のなかに、その実践のなかにこそ見つけ出される。

簡単に言うと、これが宣長の考えでしたが、十代の保田は、古歌の耽読《たんどく》と作歌の実践から、ごく自然に同じ態度に達していたものでしょう。やがて本居宣長は、保田與重郎が最も多くを負う思想上の師となっていきます。それにしても、この二人の資質には、何か不思議なほど類似するところがあり、その類似を貫く信念は、「僕の和歌を好むは、性也。又た癖也」という言葉によって要約されるように思われるのです。

大阪高等学校に集まった保田の同期生たちは、なかなかの逸材ぞろいで、後に東京で雑誌『コギト』を創刊し、さらに日本浪曼派《にほんろうまんは》を結成していく中核の人たちがいました。肥下恒夫、田中克己、中島栄次郎といった文学者たちです。保田の回想によると、大阪高等学校時代にこのグループが強く惹きつけられていた新しい傾向は、柳宗悦《やなぎむねよし》の「民藝論」と折口信夫《おりくちしのぶ》の「古代研究」だったそうです。そのあたりの事情を、保田は晩年になって次のように回想しています。

後に東京帝國大學の學生となつてから、「コギト」をつくつた仲間は、みな大阪高等學校の同期同窓だつたが、この仲間が高等學校の寮にゐて語りあつたことは、學問と人生にわたる問題で、すべて高尙な理想に卽したものが多かつた。それはなほ當時の全國一般的な高校生の學藝的雰圍氣だつたのである。かうして後に文學の同人雜誌を出した仲間が、若々しい關心をよせた當代の傾向の中で、折口博士の古代研究と柳宗悅氏の民藝が重い位置を占めてゐたといふことは、やはり當時のフツサールやハイデツガーの名とは別の意味で、記憶しておいて欲しいと思ふ。文明開化以來の文藝上の諸運動が、一途にヨーロツパ文學の歷史と新氣運に卽應していつた態度と、異つてゐたと信じるからである。かくてつひには鎖國時代の芭蕉と宣長へ落着く過程は、あとになれば自明のやうだが、過程に於ては單一でなかつたのである。

（『日本浪曼派の時代』昭和四十四年）

当時最新のヨーロッパ哲学だったフッサールやハイデッガーの現象学を、高校生たちは気負った「學藝的雰圍氣」のなかで競ってわかろうとしました。あるいは、わかったふりをして、その口ぶりを生硬な翻訳の言葉で真似ました。これは、文明開化以来、今もあまり変わることのない若い学徒たちのありようだと言ってもいいでしょう。しかし、この流れを捉えてこれに抗《あらが》い、他の誰にも劣らず若々しい学芸的関心のなかに生きていた高校生たちもいた。そういう流れもまた昭和初期の若い学徒たちにあったことを、「記憶しておいて欲しい」と保田は言っているわけです。

柳宗悦の「民藝論」や折口信夫の「古代研究」は、なぜこのような青年たちの心を惹きつけたのでしょう。この二人は、学者です。柳は宗教学者、折口は民俗学者として知られる。けれども、彼らの学問は、明治の文明開化によって西洋からもたらされた枠組みに少しも従っていません。それは単に彼らの扱う対象が、主として古い日本に属するものだったからでしょうか。そうではありません。

明治以降、日本の歴史学も、文学、芸能、美術といったものについての研究も、また日本語文法の組織づけも、みな西洋から押し寄せてきた近代的な学問の方法によって一新されていきました。これによって、日本の知識層は、自分たちの過去の文明をことごとく西洋近代の枠に押し込め、その色で塗り替えていったと言えるでしょう。

柳や折口は、このことによるとてつもない損失を、彼らの出発点からすでに観て取っていました。したがって、彼らの学問は、始めから政府や大学からのお墨付きをもらえる公《おおやけ》の方法を注意深く拒むものでした。それとは逆に、彼らは、自分の取り組む対象と直接に接触する仕方、対象の性質の奥深くに入り込む固有の通路を、身ひとつで切り開いていきました。そこに、西洋近代の学問の方法では決して捉えられない文明の命があることを、彼らは知り抜いていました。

保田與重郎が少年時代に桜井で行なった古典耽読《たんどく》の経験は、柳の民藝論や折口の古代研究が作り出していた新たな潮流によって、突如として別方向からの光を当てられたことは、間違いありません。その光の先に、芭蕉と宣長の姿が現われてきたと、保田は言っているのです。

## 『コギト』からの出発

昭和六年四月、保田與重郎は、東京帝国大学文学部美学美術史学科に入学します。国文学科には、あえて入学しませんでした。この選択については、保田後年の興味深い述懐があるので、読んでみましょう。

私には古典の文章を簡單に現代語にいひかへることが殆ど出來ないので、大學でも國文學といふものをあきらめて一切學ばなかつた。一行の古典の文章を、一行の現代文にいひかへるといふやうなことは、私には思ひよらぬことだつた。私らの時代の中學校の國語教師は、まださういふことを認めてゐた。私はかうした古風な中學校の老先生たちから國文と漢文を學んだので、高等學校の國語には困つた。私は日本の文學を學ぶことを最も好いてゐたが、大學へいつて國文學を專攻するといふ考へは始めからすててゐた。後の話となるが、大學へゆく時に、私は親しい友人と、現狀で一番學問らしくない學問、まだ文明開化風の洋學の形式をなしてゐない學問は何だらうかと考へ、當時の大學の分類では社會學と美學だといふことを悟つた。それで友人は社會學科へゆく、私は美學にすることとした。

（『日本浪曼派の時代』）

つまり、文明開化がもたらした大学の人文的学問は御免だった。それが日本古典に関わるものであればあるだけ、御免だったのです。奈良の旧制中学には、まだ江戸時代の寺子屋や私塾の先生に近い教え方があった。暗誦や訓詁《くんこ》を旨とする教え方があった。保田の読書法はそれに難なく適応しました。しかし、高等学校から上の先生たちは、近代化された学問の研究者であることが多い。これには「困つた」と、彼は言っているわけです。

こういう先生たちが、古典の一行を現代文の一行に置き換えさせるのは、教え子への親切からではありません。そもそも彼らの学問というものが、西洋による近代的な諸観念の骨組のなかに日本古典を置き換えることで成り立っていたからです。そうやって、文献批判だとか、実証主義だとか、歴史的条件の検証だとかと言っている。「現代文」への「いひかへ」は、そのための第一歩に過ぎません。

それが産み出された時代の言葉の姿を失った古典は、もはや古典ではありません。そういうものは、作為的な操作で取り出された一般観念の集まりになることがほとんどです。このような置き換えは、外見上は厳格を装っていますが、実に退屈で不自由な代物になっています。文人の志を固めつつあった保田が、このような〈近代的学問〉を慎重に退けたのは当然のことでしょう。

大学には行くが、大学で整備されている学問からは、用心深く距離を置く。しかし、保田が大学でとった態度は、これにとどまりません。彼は文学部美学美術史学科に籍を置き、そこで近代ドイツの美学、芸術学を、その方法や発想の中心において、はっきりと捉えてしまおうとしたのではないでしょうか。それは、そのようなものへの無意識の服従、追従《ついしょう》から完全に自由であるためです。

日本の古典文学やいわゆる古美術を、西洋近代の美学、芸術学が生んだ諸観念を通して〈再評価〉する、という傾向は、明治後半から大正時代にかけて流行し、昭和になって、それは抜き去りがたい文明開化型教養人の習性となっていきます。この習性こそは、保田にとってまず打ち倒さなくてはならない敵でした。彼が、和辻哲郎《わつじてつろう》の『古寺巡礼』を終生否定し続けた理由もそこにあります。この本で取り上げられる古代大和の仏像彫刻、仏画、建築は、どれもみな保田與重郎が子供時代からあまりにも身近に愛し、尊崇してきたものでした。『古寺巡礼』のハイカラな美文によって、保田はそれらにペンキでも塗りたくられたような憤慨を覚えたのでしょう。さらに深刻なのは、この本は、以後日本の知識層が〈古美術〉を語る際の無意識の基本型となってしまったことです。

保田が大学時代に、大阪高等学校時代の旧友たちと創刊した雑誌『コギト』は、彼が〈近代〉に対して筆をもって行なった最初の戦いの舞台となります。批評家・保田與重郎は、この雑誌から颯爽《さっそう》躍り出たと言っていいでしょう。『コギト』の第一号は昭和七年三月に出され、この雑誌はなんと昭和十九年九月、第百四十六号まで続いていきます。保田は、その記念すべき第一号に「印象批評」と題する断章形式の評論、さらに小説と批評文との間を縫うかのような若々しく実験的な作品「やぽん・まるち」を掲載しています。

私たちが今、保田の「印象批評」を読んで驚くのは、「批評」という言葉が当時どれほど尖鋭で闘争的な響きを持っていたかということです。この文章では、ヨーロッパの思想家、文学者たちの名が縦横に引かれ、彼らは巧みに称揚《しょうよう》され、また痛烈に批判され、皮肉に揶揄《やゆ》されています。たとえ、そこに暴言に近いものがあったにせよ、何もかもが覚悟の上、というふてぶてしさに文は溢れていました。そのなかで、保田はオスカー・ワイルドの言葉を見事に導入して、こう書きつけるのです。

しかし確かに、批評はそれじしんが藝術的なのだよ。藝術的創造が批評的能力の動作を意味し、又實にその能力がなくては全く存在するとは云ふことの出來ないやうに、批評は實際最高の意味で創造的なのだ。批評は事實上創造的で又獨立的だ。

（「印象批評」）

「コギト」は、ラテン語で、「われ思う」という意味です。保田にとって、批評とは何よりも精神の独立を賭けた行為でした。時流の暴力からも政治の謀略からも通念の圧迫からも独立して、「われ思う」を貫く。批評の対象は、そういうところにしかほんとうの姿を顕《あら》わしてはこないであろう。ほんとうの対象が顕われないところに、どうして最高の創造であるような批評が成り立つか、これが『コギト』の基本となる態度でした。

翌昭和八年の十一月、二十四歳（以後、年齢表記は数え年とする）の保田は『コギト』誌上に「當麻《たいま》曼荼羅《まんだら》」を発表します。この作品は、名実ともに保田の批評文の出立《しゅったつ》を示すものだったと言えるでしょう。対象は、しっかりと選ばれている。その対象とは、当麻寺の秘宝「天《てん》平《ぴょう》蓮絲曼荼羅」ですが、鑑賞不可能なまでに断糸、剝落している天平時代のこの綴織《つづれおり》に、保田はこの時代に露わとなってきた根源的な創造の不安を、圧縮された、うねるような文体で語っています。因《ちな》みに、この一文は、折口信夫が『死者の書』を書く契機となったことを、後に保田は折口自身の口からたまたま聞いたそうです（「その文學」昭和二十九年）。

## 「日本浪曼派」の時代

しかし、保田與重郎の名が広く世に知られるきっかけとなった出来事は、昭和十年における雑誌『日本浪曼派《にほんろうまんは》』の創刊でしょう。この雑誌の発行は、ひとつの文学運動として受け取られ、また事実そのような側面が強くあったことは確かです。昭和九年十月の『コギト』誌上に、保田は神保光太郎、亀井勝一郎、中島栄次郎、中谷孝雄、緒方隆士と連名で「『日本浪曼派』廣告」という一文を掲載しています。この「広告」は、明らかにひとつの宣言文になっている。そのなかで、保田は次のように書いています。

茲《ここ》に僕ら、文學の運動を否定するために、進んで文學の運動を開始する。卑近に對する高邁の主張に他ならぬ。流行に對する不易である。從俗に對する本道である。眞理と誠實の侍女として存在するイロニーを、今遂《つ》ひに用ひねばならぬ。
日本浪曼派は今日の最も眞摯《しんし》な文學人の手段である。不滿と矛盾の標識である。主張に於けるも態度を先とする。こゝに順應習俗の老成者も、巧僞膚學《こうぎふがく》の講談家も抱含せず、ひたすら今日強固なる次代の藝術人によつて成立する。

ここで保田が使っている「イロニー」という言葉は、ドイツ・ロマン派に由来するものですが、ここで彼が言っているのは、「日本浪曼派」が文学運動であるのは、まさに数限りない文学運動によって排除され、遺棄され、葬られてきた日本文学の「高邁」「不易」「本道」を回復しようとするからだ、ということに尽きます。本来なら、こうした理想を実現するのに「運動」などは必要ない。しかし、理想が「運動」によって駆逐され続けてきた歴史のなかで、われわれは「運動」を否定する「運動」を始めなくてはならなかった。最低の「運動」に葬られた高貴であるがゆえに、その「運動」との戦いをついに始めなくてはならなかった。歴史が強いるこの皮肉、反語を、保田はここで「イロニー」と言っているわけです。

保田が「日本浪曼派」を結成した意図は、あえて言えば、奈良で鹿持雅澄の『萬葉集古義』を耽読《たんどく》した少年時代から、まっすぐに育てられてきたものでしょう。近代化によって葬られ続けてきた日本文学の「高邁」「不易」「本道」がある。明治以降のさまざまな文学運動（それらのなかで最も勢力をふるったのは「自然主義」と「プロレタリア文学」ですが）は、みな「不易」を見失った不安な精神が、近代に呪縛されて作り出した「流行」に過ぎない。保田には、

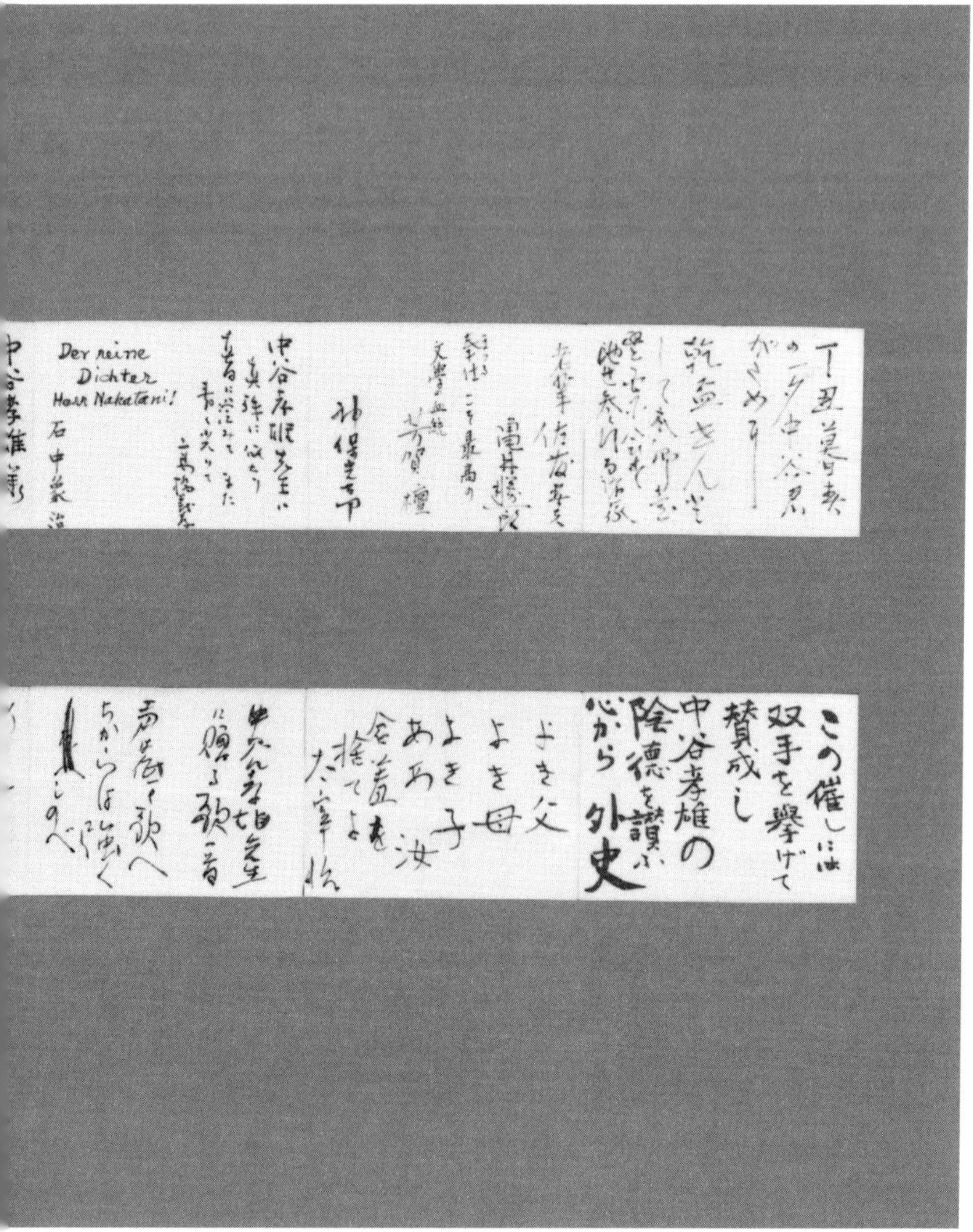
Der reine Dichter Herr Nakatani!
この催しには双手を挙げて賛成し中谷孝雄の陰徳を讃ふ心から
外史

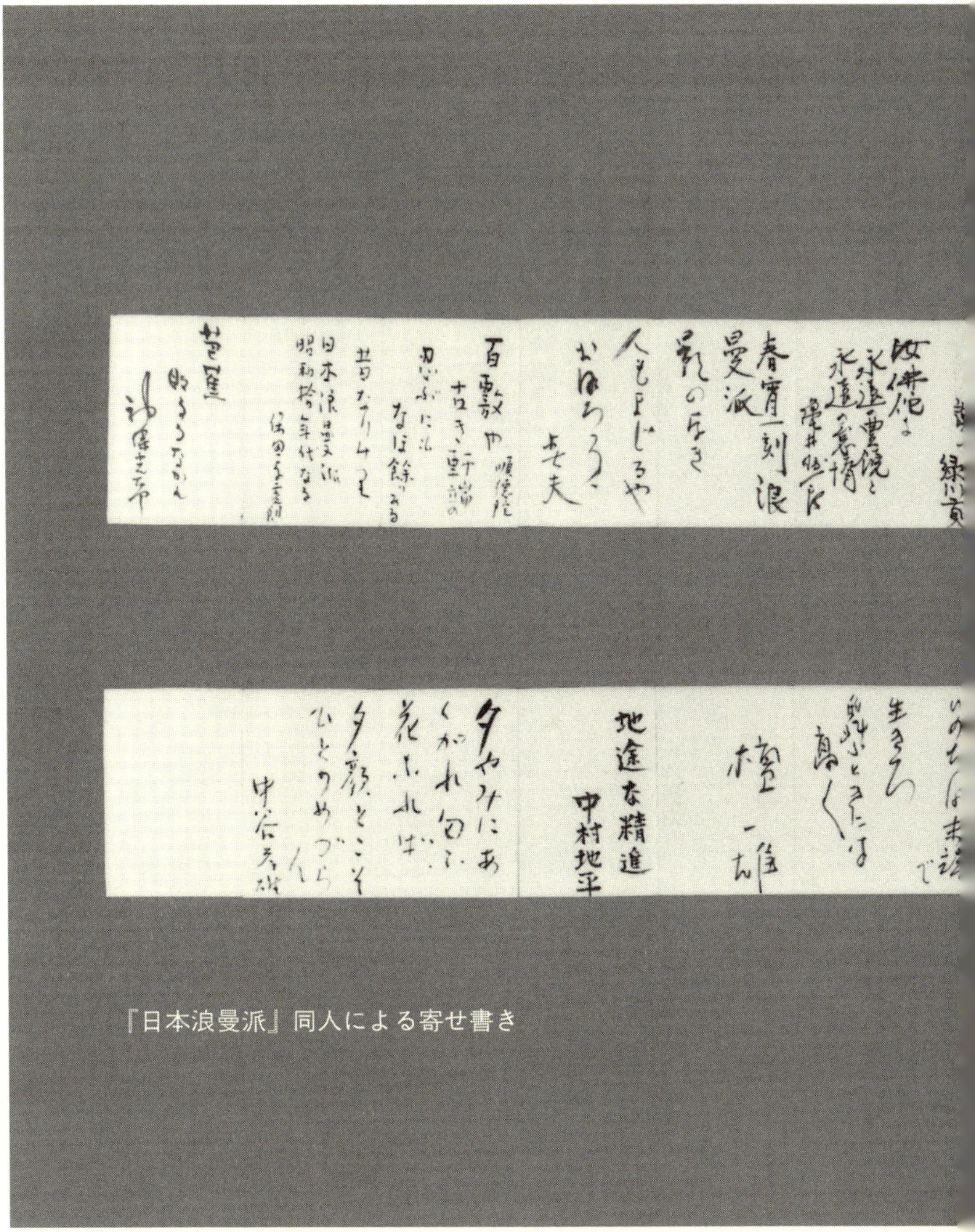

『日本浪曼派』同人による寄せ書き

そう見えた。いや、文学の問題だけではありません。暮らしと道徳と信仰の一切に沁みとおった、病としての近代を自覚しなくてはならないのです。

さらに突き詰めて言えば、近代だけの問題でもありません。保田の考えでは、「言霊《ことだま》の風雅《みやび》」を本性とする日本文学の「本道」は、どんな時代でも大陸から渡来した強大な政治制度や土地支配の形態や産業の機構、またそこから生まれてくる思想、芸術、宗教に対して劣勢であり、少数者のものであり、敗れ去る運命に置かれるものでした。しかし、「高邁」「不易」「本道」であるものがいつも時代に敗れ去ることは、それが歴史のなかで幾度でも蘇《よみがえ》るための準備であると言ってもいいのです。そこには、時代の勝者が決して手に入れることのできない真の不滅がある。保田が好んで「イロニー」と呼んだのは、この事実です。

したがって、雑誌『日本浪曼派』は、そのような「イロニー」としての「文学運動」を正面から引き受けようとするものでした。この雑誌には、それまで自分の文学にただ純粋を祈念して創造に打ち込んできたさまざまな人たちが同人として加わりました。萩原朔太郎、佐藤春夫、檀一雄、太宰治といった人たちもそうです。

雑誌『日本浪曼派』は、昭和十三年八月をもって終刊となります。発行期間は三年半に過ぎません。それは保田が二十六歳から二十九歳までの間のことです。しかし、保田與重郎の名は、戦後に至っても長く「日本浪曼派」の名と共に語られることが多く、彼は悪名高いこの運動の領袖《りょうしゅう》であったというわけです。なぜ、この運動は戦後悪名高いものになったのでしょう。これは、今日でもなお言われていることですが、「日本浪曼派」は日本共産党やプロレタリア文学運動が壊滅したあとに、日本の軍国主義化の波に乗って現われた狂信的な民族主義者の集団であり、保田與重郎はその理論的主導者だったというのです。

もちろん、このようなことをもっともらしく語る〈歴史家〉には、保田の「高邁」「不易」「本道」の志も、あえてそれを宣言せざるを得ない「イロニー」も、わかろうとする気持ちはありませんでした。左翼陣営ばかりではない、戦後のいわゆる保守的な論客も、また当然ですが戦中のファシストや特高警察も、保田の終生の志にあった極度の、めくるめくような純粋さには、とうてい心を開くことができませんでした。そうした点については、あとで見ていくことにしましょう。

## 新鋭批評家としての活躍

『日本浪曼派』刊行の頃から、昭和十八年頃までの保田の文筆活動は、なかなかに華やかなものです。その執筆量の多さに、まず驚かされます。堰《せき》を切った奔流のような勢いが文章にある。

昭和十一年に発表された三篇、「誰ヶ袖屏風《たがそでびょうぶ》」（四月『コギト』）、「戴冠《たいかん》詩人の御一人者《ごいちにんしゃ》」（七月『コギト』）、「日本の橋」（十月『文學界』）は、保田の名を文壇に定着させるに充分な衝撃を与えたと言えます。続いて昭和十二年の「大津皇子《おおつのみこ》の像」（一月『三田文學』）、「明治の精神」（二、三、四月『文藝』）、「白鳳天平《はくほうてんぴょう》の精神」（七月『新潮』）、「木曾冠者」（十月『コギト』）、昭和十三年の「ヱルテルは何故死んだか」（三月『文學界』）などの批評文は、後に幾つかの単行本に収録され、現在でも保田與重郎の代表作として読まれているものでしょう。

これらの文章に現われてくるのは、やはり日本古典や古美術に対する保田の異常な、と言っていい圧倒的な記憶で、記憶は彼の感覚の底の底にまで沈み込み、蓄えられて、尽きることがありません。この記憶を通して、近代日本語の工夫によって書かれる批評文は、やはり飛びきり格別の文体を必要としていました。当時も今も、これに初めて接するほとんどの人が面喰らってしまうことでしょう。たとえば、保田は古代から日本の橋が持つ特性について書き、その筆は一気に次のような歴史の透視にまで進みます。

> 「石を置いただけの橋を」渡ること飛ぶこと、「日本の橋は」その二つの暫時〔ざんじ〕の瞬間であった。ものをはりが直ちに飛躍を意味するそんなことだまを信仰した國である、雄大な往還の大表現を日本の文學さへよう書き得なかつた。大戀愛小説の表現の代りに、日本の美心は

男と女との相聞《そうもん》の道に微かな歌を構想した。日本の歌はあらゆる意味を捨て去り、雲雨のゆききを語る相聞かりそめの私語に似てゐた。それは私語の無限大への擴大として、つねに一つの哲學としてさへ耐へ得たのである。古い日本人のおもつたこのやうなゆきき、ことばでなされる人との交通を私らはすでに味はうとした。果して完成された言語表現が、完全に語られた散文形態が、人々の交通の用をなめらかにし、そしてかゝる言葉が橋の用をなしたか。ことばはたゞ意志疏通の具でなかつた、言靈《ことだま》を考へた上代日本人は、ことばのもつ祓《はら》ひの思想を知り、歌としてのことばに於て、ことばの創造性を知つてゐた。新しい創造と未來の建設を考へた。それがはしいであつた。日本人の古い橋は、ありがたくも自然の延長と思はれる。飛石を利用した橋、蔦葛《つたかずら》の橋、さういふ橋こそ日本人の心と心との相聞を歌を象徴した。かゝる相聞歌は久しい傳統と洗煉と訓練の文化の母胎なくしては成り立ち難い。

（「日本の橋」）

内容と文体とが、これほど一体化した文章は稀です。日本語散文を書く人が、主語は、述語は、目的語は、というようなことを考えるようになったのは、近代以降のことに過ぎません。それはヨーロッパ諸言語の分析から出てきた文法論、統語法を規範として考えるからです。実際、ヨーロッパ人たちは、彼らの文法を普遍のものだと信じていました。ところが、事実は一向にそうではない。そのことを、保田の文章は自身の実例をもって顕著に示している。

彼の文章は、主語、述語といった統語要素の首尾一貫した構成で成っているのでありません。言葉は言葉を粘りのある糸のように吐き出して、うねるようにその文脈を引き延ばし、変化させていきます。このような在り方は、古代日本人が、大陸から文字というものを移植して以来、長い訓練の歴史を通して作り上げていった和文の本質です。保田は、そうした和文の本質を、日本語による近代散文のなかにはっきり産み出そうとしているのでしょう。その文章のどこか捉えどころのない進み具合は、まさにここで保田が描き出そうとしている日本の橋の姿と、またその機能と、たとえようもなく一致しているではありませんか。

古代からの西洋の橋は、切り出した巨石や鉄柱を不朽の部品とした大建築物です。そこで目指されているのは、河の向こう岸にある土地への侵攻であり、それを阻む自然への人工による征服にほかなりません。あるいは、アジアにおいても、侵攻や征服が目的となるところでは、いつも大建築物としての橋が現われてくる。不滅の支配を願って造られる橋がそこにあります。日本の橋は、建築物ではなく、ただの道に過ぎません。道の尽きた所に細々と敷かれて、向こう岸の道に繋《つな》がる人工の道です。しかし、この人工は、なんと「自然」に近く、淡い微かな思念をもってそれに繫がり、それを補っていることでしょう。

保田は、ここで日本の橋を語りながら、人と人とを繫ぐ「はし」としての日本の言《こと》の葉《は》を、その根にある歌の言葉、相聞《そうもん》の言葉を語っています。淡い相聞という歌の形には、日本の王朝文芸が、大陸文明の攻勢にじっと耐えながら作り出した強くたおやかな本性が秘められている。そのような本性を語る批評の言葉は、それ自身が「はし」なのでなくてはなりません。西洋風な統語法を真似た建築物であっては、意味を失ってしまうのです。批評の文体に関わる保田の発明と工夫は、このような「志」から出発しています。

確かに、それは不滅の「志」であったと言えます。保田が生涯最も尊敬した詩人は、芭蕉でしたが、その芭蕉が最も仰いだ文芸の先達は後鳥羽院でした。これら二人の先人を貫いて流れるものは、王朝文芸によって高められ、守り通された「言霊《ことだま》の風雅《みやび》」を、ひたぶるに慕い、回復させようとした烈しい「志」でした。「言霊の風雅」とは何でしょう。それは、この場合、自然と人工とを、また人と人とを、在るがままの命で繋いでゆく、細く淡い一本の「はし」だと言ってもかまいません。そこにこそ、神与の言葉の不易の働きがある。芭蕉は、俳諧の役割は「俗語を正す」にあると看破しましたが、これは言い換えれば、俳諧は神与の言葉の働きに沿い尽くす、という「志」の表明でもありました。

昭和十年代の文壇に、堰《せき》を切る勢いで登場した保田與重郎の散文には、後鳥羽院から芭蕉を貫いたこの「志」が、深く、烈しく受け継がれていました。観念としてではなく、まったく新たな光彩を発する異様な、圧倒的な言の葉の身振りとして、それは顕《あら》われてきたのです。既存の文壇人たちにとって、彼の出現は、ずいぶんと怖るべきものに映ったにちがいありません。しかし、時代を侮蔑《ぶべつ》して「不易」を歌うこの若武者に、多くの若い読者が心酔しました。

## 戦争の時代へ

『日本浪曼派』が終刊となる昭和十三年、保田與重郎は大阪府中河内郡大正村太田（現八尾市）の柏原典子と結婚し、東京の中野区野方町に新居を構えます。六月のことでした。大学生の頃は、杉並区高円寺で間借りの生活でしたが、所帯を持って一軒家を借りることになりました。ここには四年ほど暮らし、昭和十七年五月に妻子を伴って淀橋区落合の借家に移り、そのまま昭和二十年三月に、応召、出征の時を迎えます。

保田典子夫人が生まれ育った大阪府中河内は、大和桜井の西方に位置し、二上山、葛城《かつらぎ》山、金剛山などの国境の山々は、互いに反対側からよく見えます。結婚当時は、文学のことなどまったく関心がなかったという典子夫人は、保田の生涯にわたる伴侶として、彼の日常生活全般を支えたようです。やがて、みずからも少しずつ作歌に励むようになり、昭和四十五年に歌集『くちなし』を、平成十二年に歌集『童子』を上梓しています。その典子夫人が書いた思い出話のなかに、保田のまことに優しい人柄を偲ばせるよい文章があります。結婚する年の春に、夫人が東京の保田を訪ね、帰途についた時のことです。

その翌日私は帰る事になり、保田は東京駅まで送つてくれた。特急〝ふじ〟の切符を買ひ車中で食べる様にとおやつまで手渡してくれるのだつた。汽車が動き出すと自分も一緒について走りながら見送つてくれた姿を未だに覚えてゐる。私は一人列車にゆられ乍らこの数日のさまざまの事柄を思ひ浮べてお礼の手紙を書き出した。そのうちに列車のひびきのリズムにだんく胸が一杯になり泪がポタポタと落ちてきた。茫《〔ぼう〕》とした気持で列車が京都駅へ着いた時全く思ひがけなく、列車内宛の保田からの電報を受取つた。「カヘリハソラモクモツテル』ヨ」と。読んだ瞬間私はじーんと心に沁みてゆくものを感じた。そしてあとからあとから泪があふれて来るのだつた。

（「多摩川」昭和六十二年、『私の保田與重郎』新学社　平成二十二年所収）

この年の五月二日に、保田與重郎は、佐藤春夫、竹田龍児と共に朝鮮を経て北京、蒙彊《もうきょう》へと至る四十余日の旅に出発します。佐藤春夫からの誘いがあったものでしょう。わずか八カ月前には、盧溝橋《ろこうきょう》事件に端を発した中国軍との全面戦争が始まっています。「事変」の情勢が悪化するなか、陸軍新聞班の証明書を取得しての大陸行でした。行くと決まってから、保田はこの旅行を非常に楽しみにしていたのです。何より、大陸の現状をこの目で確かめたいと思っていた。彼は、東アジア全体の独立、自尊、共栄ということに大きな希望を抱いていたからです。

この大希望は、「明治の精神」を体現した岡倉天心の『東洋の理想』に直結するような性質のものでした。欧米列強の侵略からアジア諸国を守り抜く、それは近代物質文明に対して、東洋の道徳と精神とその生活とが一致団結して戦うことを意味していました。

この旅行のなかで、保田は、北京の植民地的なありさまに、また日本人たちが率先して作り出しているその都市的腐敗に、胸の塞がるような憂鬱を覚えます。が、この感情は、蒙疆の自然の風景と、そこで生きる人々の暮らしぶりを見た時にずいぶんと救われる。アジアへの希望が蘇《よみがえ》ってくる。だからこそ、今起こりつつあるアジアのための戦争には、勝たなくてはならぬとも思う。この理想によって、「昭和の精神」とも呼ぶべきものが、生まれてくるだろう。この頃の保田は、そう考えていた。このあたりの心情は、彼が帰国後すぐに書き上げた重く思索的な紀行文集『蒙疆《もうきょう》』（昭和十三年十二月）のなかに詳しく書かれています。たとえば、保田はこんなふうに記している。

しかし、私の旅の見聞は舊聞《〔きゆうぶん〕》に屬している。もと〳〵初めより舊聞に屬することは承知である。天才なくしてはこの偉大な未來を語り得ない。しかし苦いものを語るための旅ではなからう。生命を語る靈氣を自任するにはおぼつかない自分であるし、事件の報道をする藝才もましておぼつかぬことである。私が明瞭に感じ、しかも漠然としか表現できぬことを、人が明察と希望とによつて形づけてくれることを願ふのである。今や日本は一つの未來をもつてゐるといふこと、それは精神史を變革し、廿世紀の世界を變革する、大なる遠征が、北の大陸に行はれてゐるといふことである。この浪曼的日本の生氣を感ずることである。

（『蒙疆』）

保田にとって、「この浪曼的日本の生氣」は、たとえば『古事記』中の日本武尊《やまとたけるのみこと》の遠征に典型として現われているものでしょう。はるかな東西にわたる尊《みこと》の遠征は、支配権の奪取のために行なわれたのではない。農の暮らしによってのみ建てられるような道義と理想の国を説くために行なわれた。目的は、戦闘ではなく、説得にあった。この英雄詩人の精神は、後に王朝の雅《みやび》へと開花していく文明の源流だと、保田は考えていました。その考えは、彼の熱烈な古典心読からくる明らかなヴィジョンとして、始めからあったのです。

昭和十年代の保田與重郎は、こうした源流から雅への開化の過程を、またその理想が現実政治に敗れては蘇る精神の系譜を、何か凄絶とも言える批評の文体のなかに描き出していきました。初期万葉歌人から、大伴《おおともの》家持《やかもち》、紀貫之、和泉式部、後鳥羽院、西行、芭蕉といった、彼が鑽仰《さんぎょう》してやまない人々の創造の真髄が、このようにして明かされる。

しかし、現実に日本を巻き込んで進行している巨大な世界戦争は、日本のアジア遠征を決してそのようなものにはしませんでした。中国大陸で日本が行なっていることの侵略的側面を、保田與重郎もまた次第にはっきりと認めざるを得なかった。それ故にこそ、彼は「大東亜戦争」と呼ばれている日本軍のこの悲惨な「遠征」が、天心の言う「東洋の理想」に還って、おのれの使命を自覚し直すことを祈ってやまなかったのです。

## 保田與重郎の出征と敗戦

昭和十年代後半から敗戦の年の二十年にかけて、日本の文学、造形の根底にある「原理」への保田の洞察は、一層深く、確固としたものになっていきます。それは、戦局の悪化と併行するかのように深化していったのです。

その時に保田與重郎の精神を最も導いたものは、契沖《けいちゅう》の『萬葉代匠記《だいしょうき》』、本居宣長の『古事記傳』、鈴木重胤《しげたね》の『祝詞《のりと》講義』という三つの注釈書だったことは明記しておいていいでしょう。保田が鹿持雅澄の『萬葉集古義』を中学生時代から精読していたことは、すでに述べました。しかし、契沖の『萬葉代匠記』の偉大さは、三十歳代に入らなければ得心することができなかった。それは、おそらく宣長の『古事記』研究に心底からうたれた後だったと思われます。しかしまた、その宣長のさらに「神の如き」偉大さには、幕末の国学者鈴木重胤の祝詞研究に、徹底して親しむ経験がなければ、保田といえども気づくことがなかったでしょう。

　これら三人の国学者の仕事は、ひとすじの系譜をなして繋《つな》がり、また各々が各々の信を照らし出し合う歴史の円環を作っている。保田には、そのことがはっきりと見え始めました。この時、三人は彼に何を教えたのでしょうか。戦後の保田は、その教えの核をさまざまな言葉によって説明していますが、当時を回顧するものとして、たとえば次のような非常に美しい文章があります。少し長くなりますが、読んでみましょう。

> そのころ［中学時代］の私は契沖の本はまだほんの少ししか知らなかつた。しかし生まれた土地のゆゑに、下河邊長流《〔しもこうべながる〕》の性向に非常にあこがれ、ひいて契沖の發想になつかしい興味をもつた。さうしていつか宣長の偉大さにふかくうたれた。たゞ有難かつた。私はいろ〳〵に比較研究した上で、宣長翁の學問に信從しようと考へたのではない、神の如き人々は、みな先方から、私の書齋へ入つてきてくれたのである。それはわれらのなつかしいふるさとの

老爺老婆たちが、幾千年とも知られぬ昔からうけ傳へてきた、古い神道の信そのまゝだつた。我々の郷里では、年のうちに何度かある、神々の來られる日は、川の清い流から白い砂をすくひあげてきて、門前へ敷いた。その白砂の道を歩いて神々はわが家へ入られるのだつた。あるひは火をたく日も、常綠の木で小さい神籬〔ひもろぎ〕をつくることも、特定の川から拾つてきた小石を定つた形に並べて神を迎へることもあつた。いつも神々は向うからこちらへこられたものである。若ものの遊び占ひに、その神を迎へるためには、數本の箸で鳥居をつくることでこと足りた。私には、神を求める苦難の道よりも、神の訪れをまつわが國ぶりのくらし方が好ましい。この考へ方は、延喜式の祝詞を概觀すると、國風の生活の道德の根本として、神話この方の國體の憲法として述べられてゐる根本思想に通ふものだが、わが郷里の俚俗神道が何であるかといふことを、そのやうな古典の體系構造の中で敎へてくれた人に、私はつひにあはなかつたのがさびしい。大東亞戰爭が押しつまつてから、そのことの理が、私には次第によくわかるやうになつた。

（『日本浪曼派の時代』）

「わが郷里の俚俗神道」の底にあったものは、ひと口に言えば〈米作りによる祭の生活〉です。この祭の意味は、秋に収穫した米を飯に炊き、餅について神さまに食べてもらい、作った者たちも神さまと一緒に思う存分食べて喜ぶことにある。もちろん、酒は米の精髄ですから、これは女も男も呑めるところまで呑む。神さまと一緒に新酒に酔うことは、この上なく楽しいことです。年ごとに廻《めぐ》る米作りの生活全体が、この饗宴を中心にした祭でした。日本の文芸、芸能、諸職の技芸は、こうした祭のなかから発生し、それを本質としています。たとえば柿本人麻呂の和歌、あの「神を見る」歌には、そうした文芸の本質がありありと顕《あら》われています。

そうしたことを「古典の體系構造の中で教へてくれた人に、私はつひにあはなかつたのがさびしい」と保田は言っているのです。「あはなかつた」とは、生きている人から教わらなかったという意味です。教えてくれたのは、契沖、宣長、重胤であり、とりわけ宣長という「神の如き人」でした。

この時、すでに大東亜戦争は、終局を迎えつつありました。誰の予想をも次々と超えていく近代兵器の発達は、第二次世界大戦を人類史上未曾有の大殺戮《さつりく》に追い立てていきます。しかし、「祝詞」に開眼した保田與重郎の眼には、この戦争の正体はもはやあまりにもはっきりしたものと映っていました。この時、彼がとった行動は、どのようなものだったでしょうか。

昭和十九年四月、保田は『校註 祝詞』という小さな本を、粗末な造りの私家版で上梓しました。これは、外地に向けて出征していく兵士に広く配布しようとして出された『延喜式祝詞』の校訂・注釈本です。このような配布は当然困難なことでしたが、実際、本は少部数ながら手渡された。祝詞本文には全漢字に振り仮名をあて、脚注によって理解の便をはかっている。

巻末に「凡例」、さらに「祝詞式概説」と題する長文の解題を加え、一冊としています。この本によって、保田は〈米作りによる祭の生活〉、という〈日本〉の根本原理を初めて全面的に明らかにしたと言えるでしょう。その意味で、『校註 祝詞』こそは、戦後に保田が書き続けるものの出発点となった作品です。

続いて、同年九月と十一月、翌年四月の三回にわたって雑誌『公論』に発表された『鳥見《とみ》のひかり』（昭和二十一年十二月に、奥西保など保田を慕う若い有志により刊行）は、『校註 祝詞』にある思想を、さらに詳細に、粛然と述べ切ったものです。雑誌で三回に分けられた論考には、それぞれ「祭政一致考」「事依佐志論《ことよさし》」「神助説」の章題が付され、いずれも遺書の響きを持つほどの明澄さに溢れています。

『鳥見のひかり』の発表誌は、ザラ紙に粗悪な印字のものでしたが、保田は自身の文章を切り抜いて加筆校訂の朱筆を丁寧に入れ、出征に際して、この切り抜きと昭和十九年春に書き上げられていた『天杖記《てんじょうき》』の校正刷りとを典子夫人の手に託しました。夫人は空襲で東京の家を焼け出される際にも、これら二つを風呂敷に包んで腹に巻き、幼い子の手を引きながら歩いたそうです。

こうした保田の動きに対して、軍部は次第に強い警戒感を持ち始めます。「大東亜戦争」が持つべき「東洋の理想」を、現実の日中戦争、太平洋戦争が失っていたことは明らかでした。

日本軍が大陸で手中にしようとしていたものは、欧米列強が植民地支配の上に築こうとし続けてきた「近代の富」と変わりがない。アジアのための道義の戦い、という方向は、そこからほとんど姿を消していました。こうしたなか、『校註 祝詞』の保田の筆が、「聖戦貫徹」を重く静かに唱えるほど、その「貫徹」の意味は、戦場の放棄と農事への復帰、つまり保田の言う「偉大な敗北」の成就に繫《つな》がってしまいます。この危険な呼びかけを、軍部が見逃すはずはなかったのです。

昭和十九年七月頃から、淀橋区落合の保田の自宅は、私服憲兵による二十四時間の監視を受けることになります。その年の十一月、保田は突然高熱を発して病臥《びょうが》し、それは悪化の一途をたどって、翌年一月には危篤状態に陥ります。医者の診断は、肺浸潤でした。それでも、監視の目はゆるまない。二月にようやく小康を得、病床で校正の筆など執り始めますが、三月十六日に奈良県桜井町長からの電報を通じて、召集の命が届きます。明後日、十八日の朝、大阪の連隊に入隊せよ、というものでした。病床を畳んだ保田は、鉄道切符の入手に苦労しながら、妻子を伴って関西に向かいます。十七日夜には大阪八尾の知人宅に一泊し、かろうじて翌日午前の入隊を果たします。

保田の召集に、軍による懲罰の意図があったことは、どうも明らかです。保田が入隊した部隊は、やがて北支派遣曙第一四五六部隊として博多から大陸に渡り、石門に入ります。着いた途端に、保田は当地の軍病院に入院してしまう。ここで、保田は、聴覚以外の機能を失った状態で、生死の境に漂い、そのまま敗戦の日を迎えます。

## 復員と帰農

しかし、保田は、石門の軍病院で次第に奇跡的な恢復を遂げていきます。ここでの規則的な生活は、むしろ彼にかつてない健康状態をもたらしたようです。復員した保田は、昭和二十一年五月三日に佐世保に入港し、六日の朝に、妻子の待つ奈良県桜井の実家に帰り着きます。典子夫人は、かつてないほど太って血色のいい夫を見て、別人のような気がしたと語っています。

故郷に帰った保田は、すぐに保田家の土地一町二反を耕して、農事に励むようになります。そこは、三輪《みわ》山の麓にある美しい耕作地です。近隣の農家の人たちと同じように、米を作り、野菜を作った。農作業に通じていたわけでは、まったくありません。農家の人たちの親身な助言もたくさん受けた。けれども、この時、保田が真に頼りとした手引きは、元禄時代に黒田藩の武士、宮崎安貞《やすさだ》が書いた『農業全書』でした。この書物は、農事万般にわたる実際上の手引書であると同時に、日本の暮らしにおける米作りの大切さに、その意味に、根本から触れている名著です。

　現実政治との戦いに敗れた貴族や武士が、農の暮らしに入っていくことを「帰農」すると言います。復員した保田は、まずこの「帰農」に生きようとしました。これは、注意を要することですが、「帰農」はもともと農事に携わっていた者が、また農事に帰ることではありません。では、なぜ帰る、と言うのでしょう。貴人であれ武人であれ、そういう人たちが受け継ぐ理想の根本は、米作りによる祭の生活、そこでの道徳と信仰と暮らしの風儀にあったからです。もともと彼らの戦いは、そうしたものを、汚れた欲望が動かす現実政治から救い出し、恢弘《かいこう》する戦いであった。その戦いに敗れて帰するところは、やはり農の暮らし以外にはないのです。

　保田の農作業が、真剣ながら大変不器用な、失敗の多いものだったことは想像にかたくありません。深夜から明け方にかけて原稿を書くことを日常としていた彼には、農業への専従は、言ってみればどうも不似合いな点があった。そのような暮らしを送るうち、保田は昭和二十三年三月に占領軍の判断によって「公職追放」となります（二十六年八月解除）。伝統美の称揚《しょうよう》を通じて日本の戦争遂行に加担したというのです。この追放令によって、一般読者に向けた署名入り原稿は、原則上発表できなくなる。当局から、何かとうるさい滑稽な監視も受けるようになる。

　戦中は日本の軍部によって、戦後は占領軍によって受けたこの愚行に対し、保田は後々までひと言の抗議も、皮肉も、弁解も述べていません。

戦前に保田の書物を耽読《たんどく》し、これに心酔した青年たちは数多くいた。これらの青年たちの多くは、戦後の精神的混乱の中で、保田の書物から離れていきます。身を翻《ひるがえ》して憎悪した者さえいたでしょう。が、そうではない青年たちも、はっきりといました。そうした青年たちのなかで、まず特記すべきは奥西保と高鳥賢司です。復員後、彼らは、公職追放中の保田のために文章発表の場を設けようと懸命の奔走を開始します。月刊雑誌『祖國《そこく》』（昭和二十四年九月創刊、同三十年二月終刊）は、この奔走から生まれてきました。発行所は「まさき會 祖國社」とされ、資金面を担うのは京都に新設の出版社、吉野書房になった。

以後、保田は、『祖國』誌にほぼ毎号寄稿し、一冊で数篇に及ぶこともありました。そのなかで、「祖國正論」と題された社会時評風の無署名の連載は、今日これをまとめて読んで、少しも飽きることがありません。むしろ、今日の世界を見た時、その予言力の強さに舌を巻く想いがする。これ以外にも、『祖國』には保田の重要な文章が次々と掲載されていきます。それらはみな、戦後を生きる保田の比類ない覚悟を示している。「まさき會 祖國社」は、それらの文章を集めて二冊の素晴らしい本を刊行しています。昭和二十五年の『日本に祈る』（十一月刊）と『絶對平和論』（十二月刊）がそれです。

「余《よ》ハ再ビ筆ヲ執ツタ」の序文で始まる『日本に祈る』は、戦後、保田が世に問うた書物の第

昭和28年（44歳）

一作となりました。この本は、保田が石門の軍病院に病臥《びょうが》していた頃の回想記（「みやらびあはれ」）から始まり、復員後の大和桜井での農耕生活を背景に、〈米作りによる祭の生活〉という日本の根本原理が、またそこからのみ可能となるような美と平和と信仰の暮らしが説かれています（「にひなめ と としごひ」「農村記」）。文章は例の特異な和語のうねりを維持しつつも、この上なく平明で澄んだ語り口が現われてきています。一切の気負いを捨てた人の静かな気迫と、自信に満ちた文体がここにあります。

『絶對平和論』は、問答体の形をとった驚くべき著書です。時代は新憲法制定にあたって、空虚で感傷的な「平和論」に溢れかえっていました。この時流の外で、保田の説いた「絶対平和」は、平和を論じる必要のまったくない、それ自体が平和以外の何ものでもない、米作りを中心として設計された生産生活の仕組みのなかにあるものでした。これは、近代科学がもたらす物質的繁栄にひたすら無関心であることによってしか、実現できない平和でしょう。そのような実現は、可能なのか。保田はそういう問い方を認めません。近代の繁栄は、侵略、闘争、殺戮《さつりく》、奪取を伴わずには決して成り立つことができない。このことを、私たちはすでにどんなによく知っているか。それなら、「絶対平和」を言うものの覚悟は、ただひとつなのです。

相次いで出された『日本に祈る』と『絶對平和論』とは、一対の書物だということができます。しかし、この二冊はまた、戦争末期に、保田が病患のなかで文字通り血を吐く思いで書いた『校註 祝詞』と『鳥見《とみ》のひかり』の二冊と対を成しています。これらの四冊こそは、戦後の保田與重郎の文業に不動の自信を与える土台となったものです。

雑誌『祖國』は、反響を呼びました。奥西、高鳥の二人は、この雑誌を、さらに大きな総合誌として全国に展開できるものにしようと考えます。昭和三十年の『祖國』の終刊と、それに続く『新論』(版元は吉野書房)の創刊は、二人のそうした意気込みから起こりました。当時、そうした総合誌は、岩波の『世界』などをはじめとして、大きな売れ行きを示していたのです。『新論』の創刊号は、話題を呼び、七万五千部を売る成果を得ました。しかし、この雑誌の売れ行きは次第に下降していき、第七号までを出して廃刊へと追い込まれます。保田は、もちろん『新論』でも主筆の役割を強力に果たしましたが(毎号三本から四本の原稿を書いています)、間もなく肺浸潤を再発させ、雑誌運営の充分な後ろ盾となることがかないませんでした。保田はそのことを、長く後年まで詫《わ》びています。

## 再び文学界へ

雑誌『祖國』と『新論』は、それでも戦後間もない時代の保田の執筆活動を確実に支えました。『新論』廃刊後、奥西保と高鳥賢司は、版元の吉野書房を退き、二年後の昭和三十二年に、彼らの志を将来に託すべく京都に新学社を創業します。保田は、この教育出版社の活動に対しても、「会長」の名を受け容れ、常に心の支柱であり続けました。またこのためもあったのでしょう、保田の生活は、奈良の桜井を離れて京都に泊まり込む日々が多くなり、農作業からは次第に離れていきました。これに伴い、文芸批評家としての保田の活動も、再び活発化していきます。

昭和三十年代から逝去の年（昭和五十六年）に至るまでの保田の文章は、ますます豊饒《ほうじょう》の深みを増していきます。文体は動的な柔らかみを加え、読む者を包む優しさを持ちながら、時になされる断言の勁《つよ》さは、誤ることなく人の胸を刺します。そういう保田の文章は、昭和三十年代までは奈良、京都にある同人誌や地方新聞にもよく掲載されています。が、彼の発表の中心は、だんだんと東京の文芸雑誌に移っていきました。特に昭和三十八年から雑誌『新潮』に連載された『現代畸人傳《きじんでん》』は、広い範囲の読者から好評を得たらしく、翌三十九年十月には単行本として新潮社から出版されます。

一般には、この『現代畸人傳』の出版をもって、保田與重郎の「文壇再登場」とする論者が多いのですが、彼自身には、そのようなつもりはまったくなかったでしょう。戦前戦後を通じて、保田は文壇と呼ばれるものを相手にしたことはない。この文壇を形成して集まる「売文業者」たちを、彼は時に痛烈に罵倒し、時に慎重に黙殺してきましたが、そんなことは彼の仕事にとって、ほとんど何の意味も持っていない。戦後、多くの文壇人たちが、彼の周りを離れていったと言われています。犯罪的国粋主義者、侵略戦争協力人の汚名を着せて、彼を批評執筆の舞台から追放しようとした者たちもいる。

その結果、戦後まもなくの保田與重郎は、文壇から遠ざけられた不遇の時代を送っていた、という見方が一般にあります。また、『現代畸人傳』によって再登場したあとも、昭和十年代の影響力を取り戻すにはほど遠かった、とも見られている。しかし、そのような見方は、まったくの誤りというほかありません。そもそも、保田は、現世における自分一個の成功などには塵《ちり》ほどの重要性も置いていませんでした。現世の成功がすべてであるような「売文業者」たちには、これはひどく不可解なことだったでしょう。彼らになく、保田にあったのは、ひとつの「志」です。

その「志」とは、遠い古代から日本の文芸を支え、貫いてきた「言霊《ことだま》の風雅《みやび》」、これをみずからの文業のなかに継承しようとする意志です。そこに、彼が書く行為の明瞭極まる目的がありました。それだけではありません。保田の批評文学は、そのような「言霊の風雅」を、それぞれに高めては次代に繋《つな》いだ人々の「系譜」を樹立しきること、これを目指していたのです。保田の文業の一貫して変わりない本質は、こうした「系譜の樹立」にあると断言してもいい。

このことは、次章でもっと詳しく述べることにしましょう。

保田の戦後は、少しも不遇なものではありませんでした。彼を慕い、尊敬する多くの青年たちに囲まれ、信頼し合う友人、知己との交流を絶やさず、むしろ戦前よりもはるかに健全な、豊かな環境に身を置いていたと言えます。この環境から次々に生み出された著作は、いずれもみな比類ない批評の達成を示しているのです。

『現代畸人傳』以降の著書だけから見ても、昭和四十年の『大和長谷寺《はせでら》』、四十三年の『日本の美術史』、四十四年の『日本浪曼派の時代』、四十七年の『日本の文學史』、四十八年の『山《やま》ノ邊《のべ》の道』、五十年の『萬葉集名歌選釋《せんしゃく》』、そして昭和五十七年に死後出版となった『わが萬葉集』などは、みな確実に後世に読み継がれなくてはならない作品です。

## 身余《しんよ》堂《どう》の暮らしと晩年

昭和三十三年十二月末に、保田與重郎は大和桜井の実家から、京都の西北、鳴滝《なるたき》駅に近い土地に家を建てて移り住みます。住所は京都市右京区太秦三尾《さんび》町です。その土地は、文徳天皇陵の一部と言ってもいい小高い丘の上にあって、当時は駅前の人家がすっかり絶えたあたりでした。書斎からは、天皇陵がまるで庭のように眼前に望まれる。こんな場所は身に余る、というので保田は自分の家を「身余堂」（出典は『新古今和歌集』にある熊野権現の神託歌「思ふこと身にあまるまで鳴滝のしばし淀むをなに恨むらむ」）と名付け、そのなかの四畳半の書斎は「終夜亭」と名付けられました。

身余堂の設計者は、上田恆次《つねじ》でした。この人は、保田の年長の同志とも言える陶工、河井寛次郎の高弟です。設計にあたっての保田の注文は、中世以降、洛外にあった農家の建て方を基本とし、初期書院造の趣を示す、というものだったそうです。上田恆次は、保田が出したこの注文の意図を深くまで実によく酌んでいます。日本建築の根本の美は、農家にあり、農家のたたずまいは、米を作り、神さまたちと喜び合ってそれを食べる〈祭の暮らし〉に根を張っています。ほんとうの美は、美しい暮らしぶりのなかにしかない。月や花の美しささえ、それを美しいものと感じ、受け入れさせるのは、暮らしの美しさです。

古来、すぐれた庵を持ち、そこで生涯の終わりを生きることは、日本の文人の大切な事業でした。自堕落な生活をし、自分ひとりの境涯を嘆き、頭脳だけで拵《こしら》え上げたリアリズムで物を書く近代の文士には、こういうことはもうほとんどわからなくなっている。保田には、彼に対して、後鳥羽院、芭蕉、宣長が明らかにしてくれた日本文芸の「系譜」を継ぐ熾烈《しれつ》な志があった。身余堂での保田與重郎の暮らしは、彼のこの文業の性質と切り離すことのできない見事な振る舞いとしてあったのです。彼はこの家で四十九歳から享年の七十二歳までを過ごしました。

実際、身余堂は、言葉にしがたい美しさを持った家屋です。古い寺から移築したという丘の上のどっしりした瓦屋根の門は、民家の入口とも思えませんが、脇の小門をくぐって入った庭は、農家の裏庭のようです。杉の板戸と障子とでできた玄関の引き戸は、農家の入口そのもので、白い漆喰《しっくい》壁と紅殻《べんがら》塗りの杉の腰壁、太い檜柱は簡素な落ち着きに満ちています。内部もまた全体に農家風ですが、正式の客間となる部屋だけは、書院風の造りになっている。豪壮な黒い竿縁《さおぶち》が通った杉天井は、数寄屋《すきや》風の軟弱を寄せ付けない張りのようなものがある。

各部屋を見て歩くと、そこには部屋それぞれの用途に応じて、まことに細かい心配りがなされていると感じます。家族が集い食事をする部屋、主婦が家の仕事をする部屋（ここは竹天井の囲炉裏部屋になっている）、主人が訪ねてくる客たちと夜通し談論に興じる部屋。これらの部屋をぐるりと囲んで畳敷きの廻り廊下があり、その廊下の外には庭に面した濡縁がある。庭は原生林の面影をとどめて、丘の下の文徳天皇陵に繫《つな》がっています。

書斎は廊下の奥の引き戸を開けたところにあり、北向きに開けた大きな窓に、とても小さな文机がひとつ置かれている。北窓浄机《ほくそうじょうき》という言葉、そのままです。座った後ろにはさして大きくない本棚があり、主人の生前のままに本居宣長、伴信友《ばんのぶとも》、鹿持雅澄、鈴木重胤といった国学者の書物が並んでいる。書庫はまた別にあって、終夜亭の書棚にはまさに彼が絶えず手元に置

居間にて客を歓待するのが常だった

いて愛読し続けた本だけがあるのでしょう。文人としての保田の生き方そのものを表わしている書斎です。

身余堂《しんよどう》には、保田與重郎の文名を慕って実にたくさんの人々がやってきました。初対面であろうとなかろうと、彼はそういう人たちをどんどん家に上げてもてなした。保田に言わせれば、それが自分の育った土地一帯の習わしであり、当然の道徳だったということです。客たちの話にじっと耳を傾け、自身もまた万般の話題をとらえて闊達《かったつ》に話す。夜になれば食事を出し、酒を出し、深夜に客が疲れて寝込んでしまえば、布団をかけてやって、みずからは書斎に入る。彼の執筆は、その時間から始まり、明け方まで続くのです。こうした精神と精神との祭のような豊かな日々を、彼は最晩年まで送りました。

昭和五十六年八月、保田は体に不調を感じながら「神武天皇」の原稿を書き上げます。その翌月、胸部に激痛があって、京都専売公社病院でレントゲン写真を撮った。九月十一日には京都大学結核胸部疾患研究所附属病院に入院し、精密検査を受ける。その結果、小細胞肺癌の診断が下され、以後、急速に病状が進む。十月四日午前十一時四十五分に、保田與重郎は入院先で息を引き取りました。享年七十二歳でした。

現在、保田與重郎の墓は、故郷桜井の市営墓地に本墓が、また彼が晩年その復興に力を注いだ、木曾義仲と芭蕉ゆかりの寺、大津の義仲寺《ぎちゅうじ》に分墓があります。

# 第二章

# 文業

## 王朝文芸と言霊《ことだま》の風雅《みやび》

保田與重郎《やすだよじゅうろう》が生まれ、育った地は、日本文芸発生の地だと言っていいでしょう。それは、『萬葉集』の成立を考えるだけでもわかることです。大和桜井は、『萬葉集』中の最も古い歌に現われる地名が至る所にあり、その地形も往時のままを留めているところがたくさんあります。少年の頃から、保田はこの歴史事実を異様に鋭い感覚で捉えていて、万葉の古歌はその感覚の淵に吸い込まれるように吸収されていった。土地とそこに生まれた人間の天分とが、これほど合致し、反響し合った例はめったにありません。

保田が大阪高等学校時代に歌誌『炫火《かぎろひ》』を創刊、編集の任に当たっていたことはすでに述べました。和歌を好む彼の性質は、ただ天賦のものと言っただけでは足りないものがあります。和歌のしらべは、彼の心の鼓動であり、古代の闇まで繋《つな》がる記憶の血流にほかなりませんでした。保田の生涯にわたる文業は、和歌を好み、和歌を詠むことから始まって、その営為は最後まで彼の批評文学の底流であり続けました。京都鳴滝《なるたき》の身余堂《しんよどう》に居を定める前年、保田は『風日《ふうじつ》』という歌誌を創刊し、同人による歌会はたいてい身余堂で開かれました。その歌誌の発行と月々の歌会は、現在まで続いています。

保田は、昭和四十六年、六十二歳の時に一度だけ歌集を出しています。その本は『木丹木母《もくたんもくぼ》集《しゅう》』と名付けられ、「昭和改元當時から、昭和四十五年迄の作歌を集めたもの」と「後記」に書かれている。その終わりのほうにある歌を、いくつか読んでみましょう。

古〔ふ〕りし人の歌つぶやきてよむならひいつつきにけむ老といふものに
酒のめばねむるに惜しき冬の夜の池面の灯《アカ》り夜つりするらし
雪しぐれたちまちはれて日はつよし遠くの道を人歩みゆく
わが庵〔いお〕をとりよろふ山の尾根の松みなやさしくてさびしともおもふ

みな、身余堂《しんよどう》での暮らしを歌ったものでしょう。柔らかくて、しかもまっすぐな、美しい歌ばかりです。苦心して捻り出されたものではない、胸の奥から一息の言葉として立ち昇り、そのまま記しおかれた、といった佇《たたず》まいです。本居宣長《もとおりのりなが》の場合と同じように、保田にとって歌を詠むことは、古歌からやってくる言霊《ことだま》の働きに、心を繋《つな》げるひとつの手段だったでしょう。また、それだけでもない。

歌を詠むことは、一体どれほど古くからか知ることができないほどの大昔から、日本の人々が続けてきた日常生活の手振りのようなものでした。この手振りのうちには、道徳も信仰も暮らしの躾《しつけ》もすべてある。それらについての何の議論も、観念もなく、それらは歌という暮らしの手振りのなかに溶け込んでいたのです。この国で、人として生きようとするほどの者は、みな歌を詠むべし、というのは、宣長が常に説いた教えです。

保田も全く同じ考えだったでしょう。そういう観点から保田の歌集を読んだ時、それはたぐいまれな美しさをもって現われてきます。古歌の模倣というような浅はかなものは、ここには少しもない。保田はただ現在の、この時を生きる自分の心をもって、素直に古《いにしえ》の先人の心に還ろうとしているのです。己の生命に永遠を感じうるのは、その時でしょう。彼にとって、歌を詠むことは、そういう努力の毎日の実践にほかなりませんでした。『木丹木母集』の「後記」に、彼は次のように書いています。

歌に對する私の思ひは、古の人の心をしたひ、なつかしみ、古心にたちかへりたいと願ふものである。方今のものごとのことわりを云ひ、時務を語るために歌を作るのではない。永劫のなげきに貫かれた歌の世界といふものが、わが今生にもあることを知つたからである。現在の流轉の論理を表現するために、私は歌を醜くしたり、傷けるやうなことをしない。さういふ世俗は私と無縁のものである。私は遠い祖先から代々をつたへてきた歌を大切に思ひ、それをいとしいものに感じる。私にとつては、わが歌はさういふ世界と觀念のしらべでありたいのである。

ここには、専門の短歌作者たちには決して言い得ないことがあるでしょう。当今、歌人と呼ばれるような人たちには、多かれ少なかれ、自己を表わすことにおいて独創的であろうとする自負心が抜き去りがたくある。よく言えば、近代人としての〈芸術意欲〉があるわけです。それによって、「歌を醜くしたり、傷けるやうなこと」が頻繁になされている。そのような〈芸術〉よりも、万古を貫く「歌」のしらべに生きることが、どれほどすぐれたことであるかを知らない。

そのしらべは、大昔の日本人の暮らしからまっすぐに来ています。日本とも、日本人とも言う必要なく暮らしていた人々の言霊《ことだま》の風雅《みやび》から来ている。大陸から文字が移入されるよりもはるかな昔から、この国の言霊の風雅は、完成された働きをもって人々の心をしっかりと導いていました。

その働きは、何のためにあったのでしょう。米作りによる祭の生活を支えるためにあった。もっと簡単に言うと、一年間の祭のなかで神さまに感謝するためにあったのです。そこでこそ磨かれ、伝承されることのできる言葉の技があった。この技は、言葉それ自身に宿る霊妙な力を信じずには、成り立たないものでした。

折口信夫《おりくちしのぶ》は、昭和二年の「國文學の發生（第四稿）」のなかで言っています。

たゞ今、文學の信仰起原説を最《もつとも》、頑《かたく》なに把つて居るのは、恐らくは私であらう。性の牽引や、咄嗟の感激から出發したとする學説などゝは、當分折りあへない其等の假説の缺《けつ》點《てん》を見てゐる。さうした常識の範圍を脱しない合理論は、一等大切な唯の一點をすら考へ洩して居るのである。音聲一途に憑《ヨ》る外ない不文の發想が、どう言ふ訣で、當座に消滅しないで、永く保存せられ、文學意識を分化するに到つたのであらう。戀愛や悲喜の激情は、感動詞を構成する事はあつても、文章の定型を形づくる事はない。又、第一、傳承記憶の値打ちが何處から考へられよう。口頭の詞章が、文學意識を發生するまでも保存せられて行くのは、信仰に關聯《かんれん》して居たからである。信仰を外にして、長い不文の古代に存續の力を持つたものは、一つとして考へられないのである。

この文章が、中学生か、あるいは高等学校一年生の保田與重郎によって読まれているところを想像してみてください。彼は、どれほど勇気づけられたことでしょう。ここには、保田が年少の頃からまったく自明のことと感じ、しかし、近代の文学者にはまるで見えなくなっていた一番大切な日本文芸の前提が書かれています。保田が、中学生の頃から古典を易々《やすやす》と諳《そら》んじることができたのは、やはり彼の心のなかに古代人と同じ信仰の源泉が深々と湛えられていたからだと思われる。

「文学」とか「芸術」とかといった言葉が一般に持つ意味は、西洋近代の所産に過ぎません。そこでは、「戀愛や悲喜の激情」が、あるいは「性の牽引や、咄嗟の感激」が、文学、芸術の現われる元の力だとされる。近代の西洋美学では、このような説明が、いろいろな観念的粉飾を伴って巧みに行なわれています。だが、こういう考えは、折口にとってはみな「常識の範圍を脱しない合理論」であり、日本文芸を支えてきた「傳承記憶」の技の性質を何も説明しません。

歌を詠むことから文芸批評へと進んだ保田の文業の歩み、その歩き方をよく見てみましょう。彼の批評は、「歌」の根底にある言霊《ことだま》の風雅《みやび》を、そのまた根底にある米作りによる祭の暮らしを、その信仰を守るための一種の戦いであったことがわかります。この戦いは、概念や論理という批評の武器によって、なされることもある。しかし、本筋はそうではありません。そんな武器でできることは、つまるところ時務、情勢に関わる流行の論争に過ぎません。彼の戦いは、そうした暮らしと信仰と言霊の風雅とに生きた古人を慕い、なつかしむ心へと人を誘い込む力に満ちている。彼の論戦は、対手を打ち倒すためのものではない。それは、言わば対手の心のなかに「傳承記憶」の技を、歴史の深奥から蘇《よみがえ》らせるものでした。

昭和32年頃。保田は古歌も好んで書した

ところで、保田與重郎の敵とは、一体誰であったでしょう。それを言うことは、案外と難しい。敵とは、おそらく文字や宗教教義や学問や政治制度が大陸から移入されざるを得なかった時から、日本人自身のなかに生まれてきた傾向そのものです。土地を分割、管理し、人々の暮らしを行政や司法や警察機構のもとに置き、軍の武力によって外部と対抗する。つまりは、〈祭の暮らし〉の対極にある傾向です。このような傾向から生まれてくる感情、思考、生き方の全体を、本居宣長は「漢意《からごころ》」と呼びました。しかし、「からごころ」は、宣長自身が言うように別に中国大陸だけを故郷としたものではない。人間が、他との争いに勝ち、他を支配して生きようとする時に、必ず生まれてくる生の傾向です。保田が筆を執って行なった戦いの敵は、この傾向から生まれるすべての歪《ゆが》み、穢《けが》れ、残忍、卑怯、そういったものだったと言ってもいいでしょう。

大昔の日本人が続けてきた米作りによる祭の生活は、それ自体が、狩猟に基づく残酷な闘争の克服としてあったものです。〈闘争の生活〉は、〈祭の生活〉よりも、当然ながらはるかに古い。古代の日本が、大陸の帝国から取り入れざるを得なかった文字や宗教や政治制度は、闘争の生活に根差し、それを原理としたものです。したがって、これを無邪気、無思慮に取り入れることは、祭の生活を風化、解体させていくことにほかなりません。

といって、これを取り入れずに大陸の帝国に向き合うことは、あまりにも難しく、危険である。では、どう取り入れるか。祭の暮らしにある文明をいかに守り、継ぐのか、これは、古代から近代まで、日本が突きつけられてきた実に大きな問題でした。近代では、大陸は欧米になる。しかし、問題の本質は少しも変わっていないのです。古代の日本では、この問題への回答は、『古事記』『日本書紀』の成立、『萬葉集』の編纂《へんさん》、そして王朝文芸の頂点へと至るなかで見事に成就されていきました。祭の生活が奉じる言霊《ことだま》の風雅《みやび》は、この戦いに勝ったのです。政治においてはことごとく敗れた祭の暮らしが、文化、文明の創造において勝った。敗北は、そのまま勝利であったのです。

保田與重郎の書く批評が、王朝文芸への鑽仰《さんぎょう》を変わることのない基礎としているのは、こうした文学史観、文明史観によります。敗北によって勝利した「精神」、言霊の風雅によって生きようとする「志」は、歴史のなかでそれを受け継いださまざまな文人、歌人によって繰り返し新たにされている。この歴史には、鮮やかな「系譜」が存在しています。保田與重郎の文業の本質は、こうした「系譜の樹立」にあると断言していいでしょう。

それは、「樹立」であって、追跡や調査では決してありません。保田の文業がこの「系譜」を「樹立」するとは、「系譜」の全体が、彼自身の文体によってまるごと再創造されることを意味し、また「系譜」の尖端にみずからの文業がはっきりと据えられることを意味するのです。

## 「発生」と「系譜」

したがって、保田與重郎の文業全体を見通す上で、大切な言葉は「発生」と「系譜」であろうと思われます。

「国文学の発生」という折口信夫の言葉は、単に論文の題名であることを大きく超えて、十代の保田に一種の霊感を与えたに違いない。「発生」とは「起源」のことではありません。「起源」ならば、後々の人はそれに無関与でいることも、そこから自由であることもできます。「発生」は、そうではありません。「国文学の発生」は、どんな時でも「国文学」と共にあります。生まれてきたものの「発生」の仕方は、それが持続していく仕方と同じです。たとえば、かつて昆虫類というものを地上に「発生」させた、その力の在り方は、昆虫を今も繰り返し生み出す力の在り方と同じです。

保田もまた折口と同じように、「国文学の発生」を太古の人々の信仰の暮らしに見ていました。その暮らしは、米作りによる祭の生活です。この祭のなかで唱えられる言葉、神々と神々がもたらす物とに感謝、称賛、畏怖を唱える言葉、「国文学の発生」は、ここにあります。それは、神を見る文学、神の霊威に宿られて繰り返される文学でした。もちろん、祭が必要としてきたものは、言葉だけではありません。いろいろな造形があり、芸能があり、建築の技があり、器物や織物の製作があったでしょう。それらはみな祭の言葉と同じ「発生」によって生きている。

この「発生」が活き続けている限り、日本の文学は、暮らしにおいて神を見る文学になる。これは、西洋近代の美学、文芸学によって説明できることがらではありません。そういうものから移植した観念によって、新しい日本語の文学を興そうとしても、それはせいぜい一時の流行を生み出すに過ぎないでしょう。どんな時代でも、新しい流行は、次々に生まれてくるほかはない。けれども、そこに「不易」や「本道」が含まれていなければ、それらの流行は単に滅びていく風俗、俗言でしかありません。そして「不易」や「本道」は、繰り返し取り戻される「発生」のなかにあります。

保田の言う「系譜」は、取り戻されるこの「発生」の「系譜」です。「発生」を取り戻す人は、有名無名を問わず、英雄であり詩人であると言ってよい。彼らは現世と戦う人であると同時に、神を見る芸術の担い手でもあった。保田與重郎の批評文は、こうした人々の「系譜の樹立」を使命としていますが、その仕事は同時に徹底して「発生」を明らかにするものでもある。繰り返される「発生」を、それらのひとつひとつを、わが身を通してどこまでも語り、回想するのです。この繰り返され、生き直される「発生」の在り方を、保田はしばしば「生成」、あるいは「生成の理」と呼んでいます。

『戴冠《たいかん》詩人の御《ご》一人者《いちにんしや》』（昭和十三年）の場合を見てみましょう。ここで戴冠詩人とは、日本《やま》武尊《とたけるのみこと》を指します。『古事記』中に現われるこの武人は、神の世が次第に人の世へと変わっていかねばならない時代に、神として生きる嘆きを体現している。つまり、尊《みこと》はすでに「系譜」中のひとりの詩人として描かれます。尊は父、景行天皇から命じられた東征（蝦夷《えぞ》征伐）の旅の帰路で急死する。伊吹山の白猪（実は山の神）が降らせた「大氷雨」に濡れたのがもとである。その時の辞世の歌をめぐって保田は次のように書きます。

孃女《をとめ》の、床《〔とこ》の邊《べ〕》に、吾置《〔わがお〕》きし、つるぎの大刀《〔たち〕》、その大刀はや。
日本武尊の能煩野《のぼの》に到つて病急になつたときの御歌である。「歌ひ竟《〔を〕》へて卽ち崩《かむあが》りましぬ」と記の作者はつたへてゐる。私は武人としてその名顯な日本武尊の辭世の歌にむしろ耐へがたい至情を味ふのである。かういふ美しい相聞歌《〔そうもんか〕》を何人の英雄が歌つてその名に價《〔あたい〕》したか。わが神典期の最後の第一人者、この薄命の武人、光榮の詩人に於ては、完全に神典の自然な神人同一意識と、古典の血統意識とが混沌してゐた。紀によれば尊その時齡三十歳とある。武人の最後に、別れてきた少女を思ひ、その枕べに留めてきた大刀を思ひ、その大刀はやと歌ふ、武人でなくて可能であつても、詩人でなくては不可能である。日本の自然と人間の心を示した最もすぐれた典型の詩である。をとめの、とこのべに、わがおきし、つるぎの大刀、その大刀はや、といふこのことばの響も調べも、まして詩情するものも、優にやさしく繊細の極である。しかもそれは最後の歌であつた。

（『戴冠詩人の御一人者』）

「嬢女《をとめ》」とは、日本武尊の恋人、美夜受比賣《みやずひめ》のことです。旅の帰途、彼女のところに尊が置きっぱなしにしてきた大刀とは、東征に向かう途中、尊が伊勢の叔母宮、倭比賣《やまとひめ》から賜った草薙大刀《くさなぎのたち》のことを指します。伊吹山で暴れる山の神を退治するのに大刀などいらぬと素手で出かけて行き、途中で白猪に化けた山の神に会う。尊は、「これは山の神が送りこんだ化け物だろう、あとで殺してやろう」と言って先を急ぐ。歩いていると大氷雨に打たれ、それがもとで尊は死ぬのです。

保田は、この尊のなかに「神典の自然な神人同一意識と、古典の血統意識とが混沌してゐた」さまを観て取っている。尊の西征、東征の旅は、その武勇は、そもそも何を意味しているでしょう。神の暮らしをしていた大和の稲作民が、それとは非常に異なる人々、おそらく狩猟を生活手段とする猛々しい集団を平定、同化させるための旅でした。これは殺しに行くのではない。君たちも米を作ってはどうかと説得に行くのです。結果として、血は最小限にしか流されていない。

けれども、尊《みこと》はこの旅に出る自分を烈しく嘆くのです。このような征伐の旅は、神（米作りによる祭の民）を人（武人や政治家）に変えていかざるを得ない。いや、そうした変化がすでに大和の地にあるからこそ、征伐の旅はなされるのでしょう。神と人との同床共殿《どうしょうきょうでん》は、もはや崩れつつある。尊は、その崩壊を、言わば身をもって生きよと、父から命じられている。尊の嘆きは、まさしく神の嘆きです。祭から切り離された政治や軍事が、こうして用いられることへの神の嘆きなのです。しかし、その武勇は類まれな武人のものでしょう。それなればこその大らかな油断もある。白猪に向かっての武人風の無雑作な言挙《ことあ》げが、彼をあっけなく死に至らせます。

保田が筆力を尽して称賛する尊の辞世の歌は、神の相聞歌《そうもんか》そのものです。しかし、尊のなかにある神と人との分離が、すでにこの歌を、日本文学の「系譜」のうちで歌われた最初にして第一級の「詩人」のものとしている。それが故の「耐へがたい至情」「繊細の極」を示してもいる。保田與重郎の筆は、日本文学史中のこの微妙極まる最初の事件を、愛惜に満ちた手振りで引き出しています。

# 系譜を樹立する闘い

保田は、少年の頃から没する歳まで、異様なほどの熱情を込めて『萬葉集』を愛読しました。この歌集を主題にして書かれた彼の本は、三冊あります。昭和十七年に刊行された『萬葉集の精神――その成立と大伴《おおとものやかもち》家持』、昭和五十年に上梓の『萬葉集名歌選釋《せんしゃく》』、死後出版となった『わが萬葉集』の三冊がそれです。そのなかで、保田が三十三歳の時に世に問うた『萬葉集の精神』は、当時の切迫していく政治情勢のなかで、彼が日本文芸の「系譜の樹立」という仕事に何を託していたか、はっきりと、刺すような痛みさえ伴ってわかるものです。

この本では、『萬葉集』の編纂《へんさん》に重要な役割を果たした大伴家持と、彼の生きた天平《てんぴょう》という時代が、中心に語られます。天平は奈良朝の文化が爛熟《らんじゅく》を迎えた時代であり、私たちは残された仏像群などから、大変心地よい、安定した時代を思い浮かべがちです。けれども、実際には、そうではない。この時期は、政治的陰謀がうずまく、陰惨と言っていい時代であり、とりわけ藤原氏の暴虐は、朝廷の祭りごとに根本からの腐敗をもたらすものでした。その時代のなかで、家持は没落した大伴氏（かつては朝廷の軍事を担う有力な氏族でした）の首長として、「血統の誇り」をかけて、「古《いにしえ》の道」を復興しようとします。

復興は、どのようにして為されるべきなのでしょう。藤原氏をしのぐ政治の陰謀によってでないことは、疑いありません。家持が行なった『萬葉集』の編纂《へんさん》事業こそは、腐敗した政治の暴虐との最も正統的な闘いの方途を開くものでした。たとえば——

防人《さきもり》の歌は萬葉集の二十の巻の大部をなしてゐる。歌數も多く、注目すべき作が多い。しかしこれらは家持の思想を反影してゐる點で、萬葉集の精神の成立に關與するところがさらに多かったのである。防人の心情の歌は、直接に當時の政局に面した家持の心をうつものが多かつた。さうしてそれにふれた家持は、非常に重大な國のみちと臣の志をそれによつて描いたのである。

(『萬葉集の精神』)

歌人、家持の希《ねが》いは「復古」にありましたが、日本の歴史のなかで、この「復古」とは何を意味するでしょう。端的に言えば、それは神の暮らしに戻る、ということです。米を作り、祭をする古人の暮らしに戻る、と言ってもそれはまったく同じことになります。そこに戻ること、あるいはその暮らしの永遠の「精神」に還って、移り行く現世の腐敗と訣別することを「復古」という。柔弱の二流歌人とも言われた家持は、まことに「復古」の志によって『萬葉集』の編纂に生きた「ますらを」であった、というのが保田の観るところです。家持が、限りなく愛《いつく》しむ防人たちの歌に託して示そうとした「復古の精神」は、その時代のなかで、ほとんど悲痛の色合いを輝かせます。

彼ら「防人」は時局に對して志士の如くに立つことは思ひよらなかつた。彼らは政治の裏面の頽廢《たいはい》は知らず、情勢の歸趨《きすう》も知らず、しかも美しい畏命《いめい》の心情に住んで、よく國の根柢の、沈默の土臺となり、この同じ意味から當時の上層の陰謀政治をも支へてゐたのである。何によつて支へたか、卽ち眞の國の歴史の精神を護り傳へるに足る至誠盡忠《しせいじんちゅう》の神《かむ》ながらの至醇心によつて、謬《あやま》つた情勢政治のために、國の根柢の崩壞する危機を支へ守つてゐた。しかもそれが眞の歴史を支へる道であつた。さういふ情態の悲痛さは今云ふ必要がない、天《てん》平《ぴょう》の歴史を支へたものは、神を何の自覺もなく己の中にもつた國民だつたのである。この自覺と反省をさして國民精神と呼び、その事情と現れの美しさを示す古典の徵證《ちょうしょう》がわが萬葉集である。萬葉集も家持も、さういふ意味では崇高か悲痛か、今日では言葉さへないが、家持はさういふ事實をすでに己に反省し自覺してゐたのである。　（同前）

この文章に、保田が昭和十年代の時局の切迫を重ねていることは、明らかでしょう。ここで「防人」は、徴兵され、戦線に送られて黙々と戦っている「皇軍」の兵士たちに重ね合わされています。今日、国の存立を危うくしている「政治の裏面の頽廢《たいはい》」を、彼らは知らない。彼らは、「よく國の根柢の、沈默の土臺」となって、その頽廃を支えている。結果としてそうなってしまっている。しかし、それはそのまま、彼らの「神《かむ》ながらの至醇心」が、暴虐な腐敗によって今根柢から倒れかかっているこの国を守り、支えることにもなり得ているのです。保田は、この歴史的真実の崇高と悲痛に言葉を失います。

　こういう語り方は、家持と『萬葉集』にことよせて現今の政治情勢を暗に批判するやり口では、決してありません。家持とは、まさにこのような歴史的真実の自覚によって『萬葉集』を編んだ人であり、自覚の系譜は、今日までさまざまに繋《つな》がっている。いや、繋がなければならないものだと、保田は言いたいのです。

　かつて、天《あめ》の下《した》をしろしめしたものは、神でした。あるいは、神のような人でした。この場合には、歌はしろしめす神から、祭をする民へとまっすぐに届いた。『萬葉集』の巻頭を飾る雄略天皇の歌、「籠《こ》もよ　美籠《みこも》持ち　掘串《ふくし》もよ　美掘串《みふくし》もち　この岳《おか》に　菜摘《なつ》ます兒《こ》　家告《いえの》らせ」の大らかな調べは、そのことをまだ充分に示しているでしょう。神と人との分離、しろしめす神と、支配する権力者との乖離《かいり》、これが進めば進むほど、歌の心は国の中枢から排除されていく。政治は謀略になり、その謀略に敗れた寂しい「歴史の精神」にだけ歌の心、「言霊《ことだま》の風雅《みやび》」は委ねられていく。

政治の中心から外れた大伴氏の末裔、家持は、宮廷の女流歌人たちに囲まれて数多く相聞《そうもん》の歌を詠んだ。心と心をつなぐ相聞は、和歌の本質です。それは、天平《てんぴょう》末期に至って、家持の周辺で非常な洗練を遂げる。平安時代に出現してくるあの絶後の王朝女流文学は、家持が形成したこの「サロン」にこそ源泉を持っている、というのが保田の批評がはっきりと立てる「文学史観」です。日本の王朝文学は、貴族の閑暇《かんか》から出た官能的戯れの文学では決してありません。それは、祭に生きた民の暮らし、そこで育った「古《いにしえ》の道」と「言霊の風雅」に深く、あまりにも深く根を張っている。保田の筆は、そうしたことを説明し、主張したりはしません。ただ、眼に映るばかりに、手に取るばかりに、その真実を描破するのです。

天平の「防人《さきもり》」は、「神を何の自覺もなく己の中にもつた」。『萬葉集』編纂《へんさん》という家持の大事業は、彼らのために、彼らに代わってこの自覚をどこまでも持つことであったと言えるでしょう。こうして自覚された意識を、保田は「国民精神」と呼んでいる。これは、反語にほかなりません。なぜなら、この意識が捉え直し、回想しようとする「古の道」は、どんな時代でも、時の権勢がでっち上げ、顕揚《けんよう》してきた「国民精神」の類にはっきりと抵抗するものだったからです。

昭和十四年に上梓され、三年後に増補新版が刊行された『後鳥羽院《ごとばいん》』もまた、『萬葉集の精神』と同じ志のもとに書かれた大変重要な作品です。

『新古今和歌集』の撰者である後鳥羽上皇は、「承久の乱《じょうきゅうのらん》」で北条義時と戦って敗れ、隠岐の島に流されます。上皇は、詠歌にすぐれていただけでなく、琵琶、箏、笛、蹴鞠《けまり》など王朝文化に伝わるすべての技芸に秀でていました。また庶人の間での工芸の発展にも努め、たとえば鍛《たん》刀《とう》の技術などは、後鳥羽院による鍛冶職の実質的な育成のもとで、史上最高の水準に達しています。

保田與重郎によれば、この後鳥羽院こそは、王朝文化の根底にある「古の道《いにしえのみち》」を捉え、日本文芸を貫く「志」としての「言霊《ことだま》の風雅《みやび》」を明らかにした人物です。保田にとって「承久の乱」での院の敗北は、その時だけに起こった単なる歴史事件ではありません。この敗北は、神と人とが政治によって分離されて以来、「古の道」「神《かむ》ながらの道」に立つ者に一貫して体現されてきたものです。後鳥羽院の力により、この偉大な敗北の系譜は、後世に「隠者の文学」という日本文芸の本道ともなる路を開いていきます。そこからまず西行が出、元禄期に至ってついに芭蕉が出る。

十九年間の隠岐での生活で、「下賤すら余り味はないやうな艱苦をなめさせられ」、六十歳で没した院の志について保田は書いています。

隠岐の院の御日常は歌の世界だけの生活であつた。それが浮世のいろ〳〵の果に、好んでもつ閑寂の生活でないのがお傷《いた》はしい。しかしやがて詩人の志を知つたものは閑寂境をつくりつゝ、しかもその中に激しい苦しい人生の行旅をも描いたものであつた。（『後鳥羽院』）

院の「閑寂」は、好んで作られたものではない。けれども、院の日本文芸に対する「詩人の志」を知った者は、その「閑寂」をみずからが選んだものとして、文人の暮らしの内に創り直したのだと言うことができます。後鳥羽院の孤独な大業について、保田は次のように書きます。

王朝の一つの美學だつたものは、はからず院の寶身《ほうしん》で生活の無限な深刻さにまで表現された。復古の大業のため古實研究に精神を燃焼された院である。［中略］その御製［詠歌］にもはからずも民の嘆きと悶えがうつされた。しかも後鳥羽院が後世の詩人に教へられたことは、その大様の文藝王國の精神であり、一人でそれを支へる詩人の決意である。雄大で永遠な信念や國柄の久しい信仰を反映した大業は、現世の成敗と無縁に、永久の未來にかけて永續し又開花の日をつねにたくはへてゆくものであるといふことも、院が御自身の運命で教へられた最大の詩人の信念の一つである。（同前）

昭和十八年に刊行された『芭蕉』は、日本文芸における「系譜の樹立」という大目的で、保田が出征前に為した最後の仕事になります。保田はこの本を「祭と文藝」と題する章から始めている。そしてこう言っています。

「わが歴史は祭りの歴史であつた。文藝の歴史も、實に詩人にあらはれた神を祭る歴史に他なかつたのである」（『芭蕉』）。保田にとって、芭蕉こそは「神を祭る歴史」を全生涯の詩業によって回想し、生き通した詩人でした。

　このことは、芭蕉がまだ生きている頃から、彼を余人とは異なるどこか神秘的な人として捉える傾向を生み出しました。彼の死後、この傾向はもっとはっきりしたものになり、芭蕉を語ることは、彼を「なつかしみ、尊んで祭ることの他になかつた。彼を神としてうやまふために、つくりあげられた文飾のあることばの集積は、國の文學面にあらはれる民族の祭りの、あらゆる様相を示してゐる」（同前）。

　後世に対して、芭蕉がそういう存在になったのだとしたら、それは彼が日本文芸を発生させた「民族の祭り」という原理にまで遡《さかのぼ》って、俳諧を立て直したからでしょう。俳諧によって「俗語を正す」（芭蕉）とは、この意味にほかなりません。

　これは、いわゆる民族主義とは違うものです。保田の言う日本の「民族」は、祭の暮らしから、ただそこからのみ生まれてきます。「民族」が〈在る〉のは、年毎に新たに祭が繰り返されることによっている。そのたびに「民族」は、新たに生まれ直すのだと言ってもいいでしょう。だからこそ、祭の文学は、新たな「民族の詩人」によって、祭の歴史のなかで根底から歌われ直さなくてはならない。芭蕉はその使命を悟り、その重荷を一身で背負って生きた人だと、保田は言うのです。

保田與重郎の芭蕉論は、誰が見てもわかるように、まことに特異なものです。が、その特異さは、彼の論旨があまりにも正統のものであることに因《よ》ります。そのことの孤立から来ている。それは、民族主義、愛国主義が喧伝された昭和十八年当時において充分にそうであり、もちろん今でもそうでしょう。

近代になって、芭蕉をいろいろに再評価する観点というものがある。それらのほとんどは、彼を日本文芸の生きた歴史から切り離し、西洋流の美学、文芸学の諸説に感化された眼で抽象的に論じている。そういう観点は、勝手にいくらでも考え出すことができる。みな私心から出た戯《ざ》れ言《ごと》に過ぎないと、保田は考えています。それらの論に対して、保田の『芭蕉』が飛びきり特異に見えるということは、何という皮肉でしょう。

日本の文學の實體《じつたい》は何であつたか、又日本の詩人は何であつたか、それを考へて、芭蕉を見る時、彼こそ、あらゆる代々の詩人が集つてつくりあげ、歴史を一貫してゐる日本文學といふ一つの道の、大きい花であることが知られると共に、又芭蕉といふ一人の中に、この民族の文藝の歴史が、生涯の生成史といふ形で現れてゐる事實を知るのである。我々の深く考へたいことは、この事實についてである。さうして芭蕉の例は、日本の詩人と文學の近世の形であるけれど、又一歩立入れば皇神《すめがみ》の道《みち》義は言靈《ことだま》の風雅《みやび》に現れるといふわが古典の美の思想につながり、その思想と己の間に一途の通路をひらく機縁ともなるのである。（『芭蕉』）

このような文章は、戦後、保田を公職追放とするのに格好の証拠品だったでしょうが、発表当時、これが軍国主義とのどんなに緊迫した対峙《たいじ》のなかで書かれていたかを、よく読み取らなくてはなりません。

「皇神の道義」というような言葉は、日本のアジア侵略を正当化しようとする者らによってすでに乗っ取られていたと言っていい。こうした情勢のなかで、保田はその「道義」が、『延喜式祝詞』『古事記』『萬葉集』に一貫する「言霊の風雅」にあること、またそのような「風雅」が、米を作る祭の暮らしそのものにあることを、あくまでも語り切らなくてはなりませんでした。さわがしい情勢論として開陳《かいちん》するのではありません、静かな、永遠の真実として述べるのです。

このように考えるなら、芭蕉が生涯の棲みかとしたあの「旅」は、近代人の旅行とはほとんど関係がないとわかります。それは「傳統の歌枕の地を訪れる」旅、歴史を回想し、同じ志に生きた故人たちを慕いなつかしむ旅、彼らと「同じ心境で感傷し、つひには慟哭《どうこく》する」旅であった、保田はそう言います。「けだし彼の旅は、たゞ眼に見える風景を樂しむのではなく、たゞ抽象的な艱難刻苦の修業でもなかつた。ひたぶるに風景の中に歴史の歎きをよみ、萬代の悲歌を吟じる。眼に見える寫生の句をなすことではなかつたのである」(同前)。

## 道を説くこと

保田與重郎の芭蕉論は、歴史の風景に杖を引く詩神のような隠遁者の姿を、比類ない文体で鮮やかに浮かび上がらせる。その上で、保田は次のように書いています。これは、大変重要な指摘ですから、注意して読んでおきましょう。

俳諧が何であり、風雅の道が何であるか、さういふ點では、芭蕉の考へたものは、極めておぼろげなことばでしか云ひ難いものであつたと思ふ。俳諧とはたゞ一つのいのちの機緣で、道はいのちのあり方だと、それ位のことしか口では云へなかつたのである。もしこゝで俳諧とは何か、それと道との關係はどうか、などといふことを滔々《とうとう》と說き明かし、その理論を形成することに、思想があると云ふなら、芭蕉はさういふことは何一つしてゐない。芭蕉の思想の深さは、生き方と志の深さに出てゐるのであつて、その思想は、まさに正しくその文藝の上に現れたのである。これがわが國の思想のあらはれ方であつて、近世の日本思想が、彼を除外しては語り得ないといふ理由はそこにある。こゝで我々はわが國の思想のよみ方といふ點について考へておく必要がある。我國は、生民の原理となる大道が、萬古に一貫してゐる國で、その道が歴史だといふことを、思想の形態を考へる上でつねに念とし、その念より思想を如何によむかといふことを悟らねばならない。

(『芭蕉』)

芭蕉が、後世に思想と言えるほどの理を語らなかったのは、彼の弱みを示すことでは少しもありません。彼には明らかに観えるひとつの道、「風雅の道」、「不易の道」があり、それは理の言葉で語るべきものではなかった。理で語ればその道ではなくなってしまうのです。彼の思想とは、彼の眼に徹底して明らかなこの道の姿にほかならなかった。思想が深くなるとは、その道への「生き方と志の深さ」が増すことでした。

けれども、この道の姿を、理を超える理をもって語り通した「神の如き人」は、芭蕉の時代のすぐ後にはっきりと出てきます。言うまでもなく、それは本居宣長です。芭蕉と同時代の人であった契沖《けいちゅう》は、「道」そのものの顕《あら》われである「言霊《ことだま》の風雅《みやび》」を、古歌の精緻な注釈を通して宣長に示しました。この古言《いにしえごと》への「訓詁《くんこ》注釈」という、江戸期の日本で最も高められた学問の方法は、まさに理を超える理によって道を説く唯一最上のやり方でした。保田與重郎の文業は、そうした「注釈」の方法や精神を、近代批評によって継ぐものだと言ってもいい。それを継ぐことによってでしか語れない万古不易の「道」が、今もこの国にあると、保田は言いたいのです。

昭和十九年、大東亜戦争の結末がいよいよ見え始めるにつれ、保田は「言霊の風雅」に顕われる万古不易の「道」について、孤独な自信に満たされた考察をいよいよ深めていきます。『芭蕉』では、「風雅の道」に対する詩人の志がほぼ極点まで書かれている。以後、彼の筆は、「道」そのものの闡明《せんめい》の方向へと進んでいきます。

敗戦に向けて切迫する時局が、むしろ「生民の原理となる大道」を明らかにする必要を、彼に感じさせていたのでしょう。『校註 祝詞《のりと》』『鳥見《とみ》のひかり』が、こうした背景から生まれてきたことは、前章で書きました。これら二著を通して、「生民の原理となる大道」は、米を作る祭の暮らしに、その聖なる生産、消費の体制にあることが、始めて明言されました。かの「生民の原理」は、驚嘆するほどの一貫性をもって、極めて具体的に、明晰《めいせき》に語られ始めたのです。

戦後の保田與重郎の文業は、昭和十九年から二十年初めにかけて摑《つか》み取られ、確定された思想から決して離れることはありませんでした。戦後すぐに「まさき會 祖國社《そこく》」から出版された『日本に祈る』『絶對平和論』が、『校註 祝詞』『鳥見のひかり』と一体の呼びかけを成す文章であることは、すでに見たところです。これらを通過して現われてくる保田の仕事は、戦前の文壇時代にはない、落ち着きと深い自信と豊かさとを持つようになります。そこには、何か一層の彩りや華やぎが漂っているように感じられます。

戦後すぐから、奈良、京都に居を据えた保田の文業は、たゆむことなく続けられています。その発表の場は、実にさまざまですが、やはり『祖國』や『新論』、地元の新聞、雑誌などが中心になる。いわゆる文壇商業誌にしか眼を向けない人々は、長くそれらの仕事を知りませんでした。保田與重郎は、すでに廃業したかと思っていたかもしれません。そういう人たちにとって、昭和三十九年の『現代畸《き》人傳《じんでん》』（新潮社）刊行は、保田の唐突な文壇復帰として映ったでしょう。戦後様変わりした文壇への再デビューというわけです。

しかし、『現代畸人傳』には、戦後のジャーナリズムがもてはやすもの一切に対する、自信に満ちた拒絶があり、そうした世相の外に生きた有名無名の人たちへの惜しみない愛情と朗らかな尊敬がいっぱいです。読めば、文壇などは、一切無視されていることがわかる。ここで「畸人」というのは、やはり反語です。この本では、あまりにも正直に本道を歩くが故に、濁った俗眼にはとんでもない「畸人」と映る人々の行動が、どんな小説よりも活気ある、颯爽《さっそう》と

『日本に祈る』（昭和25年　祖國社刊）
表紙は棟方志功による

した筆で描かれている。

たとえば、保田の知人で、戦前から和歌山県の小学校、中学校で先生をしていた「三村行雄」という人がいました。明治四十三年生まれですから、保田と同い年です。油絵を描き、歌を詠むことを好みましたが、この人に神が与えた大才は、死ぬ日まで子供たちの「先生」であることでした。

戦争が終わると、すぐその月に、焼け跡の古い木や川の流木を拾い集めて仮校舎を作り、児童四十人を収容して授業を再開した。その時に、三村先生は、次のような歌を詠んでいます。

方四間《ほうよんけん》わが天地《あめつち》は学び舎の仮屋《かりや》の中に始りて居《お》り

この歌に、保田與重郎は異様とも思える讃辞を送っています。

さはやかですずしく、つつましくしかも雄渾《ゆうこん》な思ひだ。悲痛のかはりの悠久がある。しかしさう思ひつつ、私は慟哭《どうこく》した。わが天地は始りて居り、わが天地は始りて居り、こんな廣大無邊な歌は、萬葉集をふくめたわが歌の歴史の中に、一つでもあつただらうか。これほど切實に天地の開闢《かいびゃく》を、わが天地と呼ばひ、己の一臂《いっぴ》にかけ、その腕を空高くあげて、永遠に向つてたたへた教師は、どこにあつただらうか。わががよい、そして居りといふ客觀はすばらしい。しかし私は信じる、一人の三村先生がここにある時、國中の各地に幾百千の三村先生が必ずゐたのである。

（『現代畸人傳』）

三村先生の片頰には大きな傷がありました。そのわけを誰も知りませんでしたが、ある時、昔の教え子との会話のなかで、いきなりそれを話し始めたことがあった。そのわけはこうです。昭和十八年八月七日、夏休み中の登校日のことでした。一人の生徒が三村先生のところに来て、泳ぎに行ってもいいかと尋ねました。先生は無造作にいいよと答えた。その子が、その日溺れて死んでいるのが河口で見つかったのです。先生は、その激しい悲しみから、火で焼いた文鎮を強く頰に押し当てたそうです。

それから月日が流れ、昭和三十六年の同じ八月七日に、三村先生は、生徒たちと一緒に登った大和吉野の彌山《みせん》の頂上で自分でも気付かなかった病のために急死します。その前々日、先生は水に溺れた生徒を徹夜で看病しており、その無理がたたったものでしょう。が、ここには、この人自身が呼び寄せた何か不思議な因縁が感じられます。「通常の登山者の死ではない。神聖な人が、高い土地、空氣のうすいところ、久方《ひさかた》の天に最も高い場所へ、自ら己の肉身を運んだ激しい死であつた」と保田は書いています。

ひとりの中学生が、先生の思い出として作文に綴っている。「三村先生は、御自身で種を蒔いて育てあげた植物や、手許に可愛がつて大きくした生物だけを寫生されました、それで私は写生とはさういふことだといふことがわかりました」。中学生がこれを書いたことに保田は驚いています。何という崇高な教えだろうか。写生するとは、対象と共に呼吸することである。植物を描くとは、それを愛し、わが身をもってそれを育てることである。保田によれば、斎藤茂吉や島木赤彦が美学思想として唱えた短歌の写生主義は、ついにこの真実にまで至ることがありませんでした。

この生徒が三村先生の教えから素直に悟ったのは、「写生の原理が百姓の仕事にある」ことでしょう。この生徒だけではない。図画の授業だけでもない。三村先生が子供たちに教えたことの根幹が、ここにもはっきり現われている、ということなのです。この逸話の紹介に続いて、保田は次のような驚くべきことを書きます。三村先生が教えたことは——

> セザンヌ、マチスなどいふ人々からピカソなどいふ人々にも通じる、その描く無情の破壊性と巨大無明の獣性を救ふ、唯一の東洋の光であつた。近代繪畫《かいが》から美を恢弘《かいこう》する唯一の原理である。この百姓の仕事の根柢にある原理だけが、世界に救ひと平和をもたらすのである。セザンヌ、マチス以降の近代畫の根本思想を批判する原理を、簡單に悟つた子供らは、かういふいきさつは知らない。知らなくてよいのである。さういふ歪んだものと無關係なところで、人道の希望を拓いてくれることが、今世紀の願ひである。ガンヂーはそのために死

に、トルストイが老齢で家出するのも、このためであつた。近代の人工の美を考へてきたものは、その原理が、ある種の假説に立脚し、それが破壊を本質とするものに他ならぬことを知つてゐる。東洋の代々の民が生きてきた米作りといふ生活にもとづくところの道徳を行ふことが、この世の唯一絶對の平和の道である。三村先生は教育者であつた。癇性《かんしょう》の昂《たかぶ》つた批評家でない。百を語る代りに一を行つた。（『現代畸人傳』）

保田は、若い頃フランス近代絵画を非常に愛したと言っていますが（『日本浪曼派《にほんろうまんは》の時代』）、後年はジョルジュ・ルオーだけを、見るべきところの少しあるもの、として認めているに過ぎません。頑固、偏狭になったのではないのです。むしろ、何にも囚われない心の自由を得ている。保田は、インテリには避けがたい偽の問題、ありもしない大袈裟な観念的難問を克服し尽くして、この上なく単純なひとつの真実に達していった。その真実は、「百姓の仕事の根柢」にあるものです。そこに達してみれば、セザンヌもマチスも、歪んだ、偏狭なものに観えた、それだけのことでしょう。

その「百姓の仕事の根柢」を、三村先生は、図画の授業を通してもまた生徒たちに教えた。いろいろな言葉によってではなく、みずから植物を植え、育て、描く行ないを通して、見事に、はっきりと教えたのです。教師という三村先生の仕事は、やはり「百姓の仕事の根柢」に繫《つな》がるものでした。繋《つな》いでいるものは、理屈ではありません。暮らしです。
米を作って祭をする暮らし、この暮らしに必要なものを作る仕事は、どれもみな米を作る仕事と同じくらい尊いものです。それなら、作る人を作る教師という仕事が、尊くないはずはありません。三村先生のような先生が、今も、かつても、至る所「幾百千」といるのでなければ、この国の現実はさらにもっとひどいものになっていた。そのことへの一途な感謝の念を、保田は書くのです。その言葉の美しさは、たとえようがありません。三村先生を語る保田の文章を、もうひとつ引いておきます。

教育の信條は、教育を愛するのでは足りない、教育に殉ずるにあると考へてゐた。「教育の事、すべて己に發して己に歸す、己淸からざるべからず、己正しからざるべからず、己高かからざるべからず」これが先生の信條だつた。事に際しては己を責めるより外ない。人を責め得ない、責めてはならない。しかもあやまちある子弟のまへで己を責めることは、この信條からはいけない。明治の最も優秀な基督《キリスト》教徒より、この點での三村先生は、きびしく且つ正しかつた。しかしきびしさはすべて己に向ふものである。紀州の最も優秀で高貴な精神の持主には、どことなく明恵上人〔みようえしようにん〕の血脈が傳つてゐた。おそろしい傳統である。しかし國の立つ本質である。それあるゆゑに、國を愛す心や國を思ふ情は、不立文字〔ふりゆうもんじ〕の世界に嚴《げん》としてあつた。情緒の世界の絶對のものとして存在するのである。

（『現代畸人傳』）

## 歴史を叙すこと

保田與重郎の円熟期の仕事で、必ず触れなくてはならないのは、『日本の美術史』（昭和四十三年）と『日本の文學史』（昭和四十七年）という二冊の大著でしょう。面白くもない題名を実に堂々と掲げたこれらの二冊こそ、保田の文業を見事に代表するものだと言っていいのです。『日本の美術史』は、雑誌『芸術新潮』に二年間にわたって連載したものへ筆を加え、一冊としています。始めに雑誌からの連載依頼があったものと思われますが、保田が書いた「日本の美術史」は、この名から普通に予想されるものとはまったく異なっている。九千年前の大和高原から説き起こし、叙述が本全体の九割に達しても、まだ桃山時代が終わったところです。しかし、常識外れのこの時代配分は、やはり著者の計画通りのものだったでしょう。保田與重郎の教養と感覚から言えば、桃山時代に起こったことなどは、つい近頃の出来事なのです。

大和に生まれ育った保田は、古美術と言われるものには、物心《ものごころ》のつく頃から日常的に親しんでいます。やがて、その親しみは異常なほどの執心、愛着となり、さらにその段階をも突き抜けたヴィジョン、一種の心眼に達していきました。奈良、京都で接し続けた古い造形は、それを生み出したなつかしい古人たちの命そのものとして、いつも保田の傍らにあり続けた。なつかしい古人は、回想する人のなかで日々元気に生きています。それは古びない。古びるどころか、新しい命を蘇《よみがえ》らせてきます。保田のそういう心を想わないで、『日本の美術史』を読み通すことはできないでしょう。

大和高原は、奈良盆地の東側に南北に伸びる広大な台地（盆地の面積にほぼ匹敵します）ですが、この台地の南（長谷寺《はせでら》がある谷の奥）は昔から上《かみ》ノ郷《ごう》と呼ばれていました。この上ノ郷で「十數年まへに、方一寸餘の土器の破片が拾はれた。この押型縄文土器の時代的な位置は、大和發見の遺品の年表の一番上へもつてゆかねばならなかつた。それでざつと推定して、九千年前となる」（『日本の美術史』）。続いて、保田は次のように書いています。

　發見遺品の歴史年表が、整然と充滿してゐる國初以來の土地だから、この九千年には、一段の輝きがあつた。しかし大和の人々は、この九千年を以て、闇の中にぽつくりあいた穴のやうな、文明の光の一點とは考へなかつた。大和の人々が傳へた、無心の傳承では、この谷間の上にある臺地の開闢《かいびやく》は、無限の遠さと思つてゐた。饒速日《ニギハヤヒ》ノ命《ミコト》に從つてくる筈の、三十幾たりの神將たちが、この上ノ郷のあちこちに天降《アマクダ》つた日は、やはり神代のむかしと語られた。さうして、その神将の血統を大事に傳承したといふ土地の舊家《きゆうか》豪族の中で、「物部氏《もののべし》」を名のつてゐるものが、今も生きてゐる。ここでは饒速日ノ命の神話の時代や、神武天皇の御代は、鎌倉の将軍の時代や大御所家齊の時代よりも、身近い感じがした。その近い父祖たちは、年中行事や祭禮に、あるひは特殊な宮座《みやざ》の來歴のなかで、さらには夏の夕涼みの緣臺や、冬の長夜の夜なべ仕事の爐邊《ろべ》で、太古の神々の話題は、信不信と無關係に、無心の狀態で生きてゐた。

（『日本の美術史』）

上ノ郷の台地は、昔語りのなかで天孫降臨《てんそんこうりん》の場所とされていただけではありません。この高原を「高天原《たかまのはら》」そのものと解釈した「土俗学者」もいた。その場合、天孫降臨の神話は、この台地からさらに肥沃な土地を求めて低地に移動した稲作民の話となるでしょう。保田は、この話に心を動かされています。神話の合理的解釈としてではない。上ノ郷の台地の下、長谷から桜井一帯にかけて暮らしていた人々の心に、この考えはごく素直に受け容れられるものだったからです。

天孫降臨の神話は、天照大御神《あまてらすおおみかみ》から稲穂を託された幼子《おさなご》の物語です。天孫《すめみま》とは、天照大神の実際の孫のことを言い、この孫が地上に水田耕作の国を作るように「事依《ことよ》さし」された。ここで神さまから依頼されているのは、生産と消費の聖なる仕組みを作り上げることだけではなく、「道徳となつたものの根柢の、國の始めのくらし」を敷くことです。保田の『日本の美術史』は、ここから始まります。

「九千年」とは、仮の話に過ぎません。「国の始め」は、どこまで遠くに遡《さかのぼ》るかわからない。言い換えると、天孫降臨《てんそんこうりん》の神話を生んだ祭の暮らしが、いつ始まったかは、わからないのです。けれども、この「国」に持続してきた「民族の造形」の生命は、そうした暮らしの発生をその始まりとしています。〈持続〉とは、そういうものなのです。今在るもののなかに発生から今日までのすべてがある。しかし、その発生もまた、それに先立つ限りない持続のなかにあったでしょう。「詩歌藝術の創造に於ては、何萬年といふ遠世の、生命の形成の記憶さへ」現在の内にある。保田は言います。

> 日本の美の歴史と、造形の歴史を語るうへでは、國初以來、一貫してつづいてきたこの事實と、古《いにしえ》が今にあり、今が卽座に古にたちかへるといふ歴史の眞實を見失つてはならぬ。かりに一萬年の記憶と云つても、美的藝術や文藝の世界では、一萬年の記憶は忽《たちま》ちに再現し、いつもその日あつた如くに生きてゐる。
> （『日本の美術史』）

造形や文学の領域では、なぜそういうことになるのでしょう。簡単に言えば、そこでは功利を思わない最も大きな記憶が無意識のなかに盛んな働きを成すからでしょう。そうした働きにとって、一万年の記憶は現在のうちにあります。

日本の歴史に、造形美術と言われるものを繰り返し現われさせる「原因の力」、すなわち「記憶」の根本にあるものは、米作りを中心とした農の暮らしです。東洋の文明が持つ原理は、ここにあります。保田は「日本の美術史」が、その記憶から出発し、絶えずそこに戻るのでなくては、何ひとつ正しくは語り得ないことを説き続けます。

なぜなら、これとはまったく異なる「日本の美術史」が、いわゆる古美術の鑑賞法が、近代には蔓延《まんえん》し、すべてを見えなくしてしまっているからです。それは、近代ヨーロッパの史学、芸術学に影響された史観であり、鑑賞法です。たとえば、昭和になって起こってきた古美術鑑賞の流行は、そこから来ている。欧米人観光客のように、じろじろと珍しそうに仏像や庭園を見て回る大量の日本人が、そうやって生み出され、それは今も続いています。

『日本の美術史』という保田の本が、その「始まり」に、「発生」に、常軌を逸したとも見える紙数を割《さ》くのは、そこに日本の造形が生きる〈永遠の現在〉があるからです。それを語り切ることが、「日本の美術史」を描き出すことの一切ともなるからです。したがって、そこから保田の筆が描き出す各時代のさまざまな造形物は、美しい恒久の力で躍動しています。

古は今に、今は即座に古に在る、という実感を人が持ちうるのは、もちろん、芸術や文芸においてだけではありません。一番大事なことは、私たちの暮らしの原理が、永遠の現在のなかに在る時、私たちはその実感の喜びのなかに生きられるということです。芸術や文芸は、ただそのことを、ほかのものよりもはっきりと感じさせてくれる。

たとえば、保田は伊勢の外宮《げくう》（豊受《とようけ》大神宮）について次のように書いています。

外宮の建築は、その個々の建物としてでなく、齋庭《ユニハ》に建ち並んだ家並の形が、云ひやうもなく美しい。崇高とか、優美とか、どのやうに云つても形容ふさはしいとは思へぬほどである。神祕とか深嚴といふことばも、十分でない。ただ美しい、最もふかいところの美だつた。堂々とした古、しかも今と卽座に一つなる古といふ感じで、この重々しさは、どんな建造物や藝術品に於ても見ることが出來ない。富士山や伊吹山、あるひは大和の磯城島《シキシマ》の國の初めの古都（櫻井）の山河に日の出をみる時のやうな、生命が原始の生々しさのまま、充滿してゐてゆたかでたのしい感じである。わが國の「延喜式」の古い祝詞に、いつもくりかへされる高天原《タカマノハラ》に神留《カムヅマ》ります云々といふ表現は、このやうな古の神の建物を形容するものか、またその時の人の心の状態と思はれた。

（『日本の美術史』）

伊勢の外宮を芸術だとか、美術だとか言うことはできないでしょう。そういうものよりもはるかに大きい。あそこにある家群は、神々の広大無辺な暮らしの姿を現わしています。高天原に居並ぶ神々が、稲を育て、村を作り、住居を成すとしたら、ああいう姿になる。つまり、それは最も美しい農村の佇《たたず》まいそのものです。保田が子供の頃、大正時代くらいまでの大和桜井一帯の農村は、ほんとうにああいう在り方をしていました。村の家々を取り巻いて、地形に沿って見事に造形された田畑が展開していました。

伊勢の神宮は、千五百年くらい式年遷宮を守り続けています。その間、二十年に一度はすっかり新しくなってきたのです。すっかり新しくなるものの内に、常に最も古いものが生き続けている。『日本の美術史』のなかで、保田が叙述しようとしていた造形の歴史は、ここにその神髄を示していると言うべきでしょう。

保田の日本美術史は、個々の造形に微細に、時に生々しく入り込んでいく筆力に溢れています。が、それよりもずっと重要なことは、その叙述が一貫してひとつの「志」を述べるものだということです。どんな「志」でしょう。米作りによる祭の暮らしに、神々の「国《クニ》」を生み出す永遠の「道」がある、その真実を「恢弘《かいこう》」し続けようとする「志」です。

どんな場合も「述志《じゅっし》」であろうとすることは、彼の美術史の最も大切な基本でした。が、この「述志」ということを深く、精確に行なおうとするほど、その対象が美術史から文学史に移っていくことは避けがたいのです。保田は改めてそう感じました。そこで、『日本の文學史』

という、はなはだしい難事業は、文人としてどうあってもやり遂げざるを得ない仕事になった。

『日本の美術史』が上梓されて半年ほど後に、保田は『日本の文學史』を『新潮』誌上に連載し始めます（連載期間は昭和四十四年八月から四十六年十月まで）。この本もまた、大著となり、保田の全文業の粋とも言えるものになりました。大冊ではあるのですが、極めて美しい圧縮のなかにある大著です。

『日本の文學史』は、文字のない時代の「神話」から始まり、昭和の初めあたりのところで終わっています。その辺で終わりながら、最後の章の名は何と「日本の文學の未來」となっている。ここで「未来」とは、軽く数世紀先までを含んでいるのかも知れません。「述志」を本願とする保田の「文学史」は、それくらいの時間を生きるものなのだと考えるべきでしょう。

ここで「神話」とは、『古事記』のなかにあるような物語を指しますが、この物語はもちろん『古事記』が書かれたのと同じ時代にできたものではありません。口伝えによる物語の成立は、どの時代まで遡《さかのぼ》ればいいのかわからない。それは、伊勢の皇大神宮《こうたいじんぐう》と同じです。伊勢の神宮は、日本の歴史と呼ばれるものより古い。その姿の完成がいつの頃なのかわからない。しかも、その建物は、今も二十年ごとに更新され、日本の建築で一番美しい建物です。そう考えるなら、「一體われわれの造形美術の歴史とは何だつたかと［中略］、われわれの心は一種のあやしさにまぎれておぼれる感がする」（『日本の文學史』）、保田はそう言います。

昭和44年（60歳）、身余堂にて

『古事記』中の神話もまた日本の歴史より古い。「文學の場合には、古事記から始つて、古《いにしえ》の王朝を一貫してきた文藝の道と、それをうけつぐだけを悲願とした代々の文人の流れがあつた。それを云ふだけで、わが生き甲斐ともなるほどの、きらめくやうな人の心と志の歴史である」(同前)。

これまで、繰り返し述べてきたように、「古事記から始つて、古の王朝を一貫してきた文藝の道」とは、ほかでもない農の暮らしです。米作りによる祭の生活それ自体が、ここに語られている「道」なのです。『古事記』から王朝文学を貫いて開花した「言霊《ことだま》の風雅《みやび》」は、「それをうけつぐだけを悲願とした代々の文人」によって、多彩極まる日本文芸の歴史を持続させていきました。保田の「日本の文学史」は、ただ「それを云ふだけで」よい。そのことだけで、彼の述志は誤りなく成り立つのです。

その王朝文学の極まるところに『源氏物語』があることは、疑いがありません。また、その『源氏物語』が表わす、古今を一貫した「言霊の風雅」について、初めて、しかも一挙に最後の点まで明らかにしたのが、本居宣長であることも疑いないでしょう。確かに、保田與重郎が『日本の文學史』に描き出す道筋、系譜の線は、本居宣長の国学といつも強く反響し合っています。保田は、次のように書いている。

源氏物語はただ不思議な文學である。この上なくやさしく、嫋々《じょうじょう》としてゐるのに、ふと思ふと、全くふてぶてしい。こんな大きい作品を、その日の一人の女性が生んだといふことが、世の常でないことの證のやうに思ふ。世界一大きい都の世界一の文明といふ證明としては、他にとりかへのないものであらう。五月の朝あけの空を見上げて、源氏のことを考へてゐると、私の日本の文學史は、源氏ただ一つになつて了《しま》つたやうである。そこには何もかかれてゐない。小説など少しも描かれてゐない。

(『日本の文學史』)

日本の文学史を『源氏物語』が代表する、と保田は言っているのではありません。『源氏物語』は、日本の文学史すべてを呑み込んでは、また言葉の玉として吐き出す、「朝あけの空」のように在る、と言いたいのです。そのことを最初に見抜き、徹底して明らかにしたのは、本居宣長にほかなりません。続けて、保田は書きます。

［宣長が］舊來《きゅうらい》雑多のイデオロギーで解釋されてきたものを排して、［源氏を］もののあはれといふ意味から説かれたのは、古ごとの自然にかへされたのである。自然とは、日本の本來のことばで、かむながらといふ。これが人道の根源である。人はみな美しい眉目《びもく》をもち、そのことばはすべて聲明《しょうみょう》のやうな音樂であつた。しかも日本の物語では、すべての人情の

曲折がそのありのままでふくまれる。世代とともに、いくらでもつけ加へてゆくことが出來るとされてゐる。

不思議な驚くべきものが生れた事實を、私はかみしめて納得してゐた。書物の上でよめば、源氏にも拙《つたな》いところもあつて、あるひは清少納言の方が、一様に爽かにおもへるのも、その書籍の上を離れて想念すると、源氏は一ぺんに大きくひろがつてしまふ。それは巨大といつてもよいが、岩のやうな重さのあるものでなく、空氣の廣大さだ。われらの遠御祖《とおつみおや》たちの思つた、天空に充滿する靈氣のもの、かの「高天原《たかまのはら》に神鎭《カムヅマ》る」ものといふ表現は、いはば空氣のやうな、もつと無な大氣のやうなものだが、さういふありさまを大きく描き寫した文學がわれらの歴史の上に一つだけあつた。これは觀念からいつてゐるのでない、この作品のあるといふ状態を思つてゐるのである。

（『日本の文學史』）

何という大きな評価でしょう。『源氏物語』も大きいが、それを評価する言葉も同じように大きい。いや、評価というようなものは、ここでは完全に超えられているでしょう。ただ、『源氏物語』が「あるといふ状態」に向けて、ぎりぎりまで引き絞られた「志」の緊張が感じられます。『日本の文學史』という大いなる山脈のような書物のなかで、頂上のひとつを成す一文です。

「自然」という漢語を訓ずるなら「おのづから」と訓《よ》むのが普通でしょうが、ここで保田はその訓を進めて「かむながら」としています。これは、少しも強引な訓み替えではありません。「おのづからの道」が「かむ（神）ながらの道」にほかならないことは、宣長が『古事記傳』の至る所で明瞭に説いた教えです。保田はこの教えを、直接に引き継いでいるのです。そこに「人道の根源」がある。ただし、この「人道」は厳《いか》めしい、または賢《さか》しらな空理によって押し付けられるものでは少しもありません。それは、たとえば美しい眉目《びもく》のように、そこから発せられる声明《しょうみょう》の音楽のように、「かむながらの道」をゆく人には備わっている。

『日本の文學史』の連載が後半にさしかかる昭和四十六年八月から、保田はこれと並行して『わが萬葉集』を雑誌『日本及日本人』に連載し始めています。この連載は八年以上に及び、上梓されたのは、保田の没後ちょうど一年経った、昭和五十七年十月となりました。保田與重郎のこの最後の大著が、『萬葉集』の「注釈」に専心するものであったことは、大変重要です。彼は、『わが萬葉集』によって、みずからの本然《ほんねん》のそのまた本然に還ったのだと言うことができます。

『萬葉集』は、文人保田與重郎の母胎にして生涯の棲みか、汲み尽くされることのない感覚の泉でした。また、「注釈」という方法は、言葉、とりわけ古典の言葉について語る時の最上の方法であることを、保田は説き続けてきました。江戸期の学問は、訓詁《くんこ》注釈が一切です。「注釈」は、何かを解明する手段ではなく、一身をかけた学問の行為そのものでした。言葉を抽象的な事実に、事実をさらに抽象的な理に置き換えて議論をする近代の学問は、対象となる言葉への尊敬、信頼、愛情を失わせます。ということは、対象そのものの姿を、その在り方を、まるごと取り逃がす、ということでもあるでしょう。

『わが萬葉集』の最終章は、この「注釈」への信をさらに新たにする次のような言葉で始まっています。これは、保田與重郎の生涯の文業に対する、彼自身による最後の注釈だと言ってもいいものです。

> わが國の古典として、「古事記」「日本書紀」、萬葉集と數へ、次には「古語《こご》拾遺《しゅうい》」、延喜式祝詞をあげる。これらは文學として極めてすぐれてをり、さらに國史とその精神といふものを、嚴肅に、あるひは溫雅に、現してゐる。この國の最高の文學が、同時に萬民の生命の據《よ》るところを明確にし、人生至上の德に到るところ、その止るべきところを教へる。卽ち頂上の道德律を現すとともに、生民經濟の根基となるものを示すところが、萬代の憲法である。
> この憲法の意義を明確に說かれたのが、鈴木重胤《しげたね》の「祝詞講義」にて、卽ち延喜式所載の祝詞の「注釋」である。この注釋の根柢をなす精神は、式祝詞こそ國家萬代の憲法であるといふ信實による。「注釋」は思想の表現であり、観念的な思想を、生命の全きものとして

表現するといふ點で「文學」をなしてゐる。前代の「注釋」は、文章の重みを具へて、文學の大なるものであつた。文學といふ不思議なものによつてのみ表現しうる、人間そのもの、世界そのもの、宇宙そのものを描き出してゐたのである。

# 第三章

# 「自然《かむながら》」の思想

## 「物にゆく道」ということ

日本人は、他人と議論すること、理路整然と語ることが苦手であると、よく言われます。そのための技術を持っていないと。これは、今に始まったことではありません。大陸から仏教の教説や儒学の理論が入ってきた頃から、こういう意識はあったでしょう。だからこそ、学僧とか儒学者とかいった人たちは、大いに勉強して、理で語ることを一生懸命に覚えた。ついでに、理で語れない多くの人を見くだす癖も身につけた。

実際、島国に住む日本人は、昔から海を渡ってやって来る大陸の学問、宗教、政治制度に脅《おびや》かされどおしだったと言えます。そこに、強い劣等感が生まれたとしても、どうも致し方ない。保田《やすだ》與《よ》重郎《じゅうろう》が「神の如し」と言って尊敬した本居宣長《もとおりのりなが》は、この劣等感がどんなに愚かな性根から来るかを、どこまでも明らかにしました。

たとえば、古神道ですが、仏教のような世界宗教を知った眼で見ると、これはいかにも貧弱な儀式や作り話の混淆《こんこう》に映りました。第一、教義というものがひとつもない。儒学が精密に説いているような「道」などはどこにもない。神官もこれでは恥ずかしいというので、無理にいろいろな教義、理屈を考えて、それが神道だと言ったりする。

宣長は、古神道に教義がないこと、厳《いか》めしく説かれる「道」の説がないことは、むしろそれが比類なくすぐれている証《あかし》だとしました。古神道という呼び名は、もちろんずっと後世になってからのものです。その実際の内容は何かというと、『古事記』や『延喜式祝詞《のりと》』に見られる古い言葉にほかなりません。

『古事記』には、「天地《アメツチ》」が分かれ、天空に神さまたちが産まれ、やがて地上に稲穂の「国《クニ》」が作られる話が述べられているだけです。そこには、何の理屈もありません。神さまでさえ、死ねば「黄泉《ヨミ》」の国に行くし、わからないことがあれば占いをして方針を決めるというありさまです。「黄泉」とはどんなところなのかは、ほとんど何も説明されていない。一番上位にいるはずの神さまたちが、占いで一体どんな神さまにお伺いを立てるのかも説明されていない。

「祝詞」に至っては、これは祈年《としごい》や新嘗《にいなめ》の祭で神さまに聞いてもらう祝いや感謝の言葉でしかありません。一生懸命働いて、こんなにいい米ができました、さあ食べてください、というような意味の言葉です。これでは、とても経典とは言えない。

しかし、『古事記』「祝詞」の言葉は、この上なく美しいのです。『古事記』などは、上古になって非常に特殊な漢字表記で書き留められたものですから、たちまち誰もがほとんど読めないものになってしまった。宣長は、三十年かけてそれを訓《よ》みくだしました。訓んでみれば、ほんとうに美しい。古神道とは、神さまをめぐって発せられる、この上なく美しい言葉だと言っていいのです。

言い換えれば、古神道の「道」は理屈による教義、教説ではなく、すぐれた文学になるよりほかないものだったのです。前章の終わりで見たように、保田與重郎は、「日本文学」の頂上がここにあることを信じて疑いませんでした。その信念の流れは、本居宣長、鈴木重胤《しげたね》から来ています。

宣長の『古事記傳』の序文「直毘靈《なおびのみたま》」に次のような言葉があります。二字下がった行は、注記のような部分です。

古《〔イニシ〕へ》の大御世《オホミヨ》には、道《ミチ》といふ言擧《コトアゲ》もさらになかりき、
故《〔カ〕レ》 古語《フルコト》に、あしはらの水穂《ミヅホ》の國は、神《カム》ながら言擧《コトアゲ》せぬ國といへり、
其《ソ》はたゞ物にゆく道こそ有《〔ア〕リ》けれ、
美知《ミチ》とは、此記［古事記］に味御路《ウマシミチ》と書る如く、山路野路《ヤマヂヌヂ》などの路《チ》に、御《ミ》てふ言を添《ソヘ》たるにて、たゞ物にゆく路《〔ミチ〕》ぞ、これをおきては、上《〔カミ〕ツ》代《〔ヨ〕》に、道といふものはなかりしぞかし、

これは重要なことですが、「神《カム》ながら言擧《コトアゲ》せぬ國」に、宣長という人が出現するまでは、こ

のような思想の言葉が語られたことは決してなかったのです。誰も語ることができないままに、「古語《フルコト》」にある「美知《ミチ》」という言葉の意味は、暮らしのなかに生きていた。それは、最も簡単な言葉です。つまり、どこそこにゆく道、という意味でしかない。それは、「たゞ物にゆく道」を指していたのです。

この事実は、一見すると、つまらないことのようですが、まったくそうではありません。道は「物にゆく道」以外にはあり得ない、これが言挙《ことあ》げされることのない「水穂《ミツホ》の国」の思想だったのです。「物」とは何でしょう。在る物すべてのことを言います。樹も石も水も大気も光も人も草も、みな在る物です。そのなかにもとりわけ有り難い「物」はあって、食べ物などはまことに有り難い。神さまもまた、在る物であることに変わりない。いや、とびきり有り難い「物」をこそ「神《カミ》」というのでしょう。そのようにして、いろいろな「物」に届いていく「道《ミチ》」がある。

『古事記』の神は、実物です。その信仰は、〈在る物〉それ自体への信仰だと言ってもよい。「上代《カミツヨ》」の「水穂の国」の暮らしは、それで充分に事足りていました。喧嘩も縄張り争いも起こらない。異民族が闘争し合って帝国が激しく交代する大陸では、そうではありませんでした。宣長は、次のように言っています。少し長い引用になりますが、注意して読んでみましょう。

異國《アダシクニ》は、天照大御神《〔アマテラスオオミカミ〕》の御國《〔ミ クニ〕》にあらざるが故に、定《サダ》まれる主《キミ》なくして、狹蠅《サバヘ》なす神ところを得て、あらぶるによりて、人心あしく、ならはしみだりがはしくして、國をし取《トリ》つれば、賤しき奴《ヤツコ》も、たちまちに君ともなれば、上《カミ》とある人は、下なる人に奪《ウバ》はれじとかまへ、下なるは、上《カミ》のひまをうかゞひて、うばゝむとはかりて、かたみに仇《アタ》みつゝ、古《〔イニシ〕ヘ》より國治《ヲサ》まりがたくなも有《〔アリ〕》ける、其《ソ》が中に威力《イキホヒ》あり智《サト》り深くて、人をなつけ、人の國を奪《ウバ》ひ取て、又人にうばゝるまじき事量《コトバカリ》をよくして、しばし國をよく治めて、後の法《ノリ》ともなしたる人を、もろこしには聖人とぞ云なる、たとへば、亂《ミダ》れたる世には、戰《タタカヒ》にならふゆゑに、おのづから名將《ヨキイクサノキミ》おほくいでくるが如く、國の風俗《ナラハシ》あしくして、治まりがたきを、あながち治めむとするから、世々にそのすべをさま〴〵思ひめぐらし、爲《シ》ならひたるゆゑに、しかしこき人どももいできつるなりけり、然るをこの聖人といふものは、神のごとよにすぐれて、おのづから奇《クス》しき德《イキホヒ》あるものと思ふは、ひがことなり、さて其《〔ソ〕ノ》聖人どもの作りかまへて、定めおきつることをなも、道とはいふなる、かゝれば、からくににして道といふ物も、其《〔ソ〕ノ》旨《ムネ》をきはむれば、たゞ人の國をうばはむがためと、人に奪《ウバ》はるまじきかまへとの、二《〔フタ〕ツ》にはすぎずなもある、そも〳〵人の國を奪ひ取《〔ト〕ラ》むとはかるには、よろづに心をくだき、身をくるしめつゝ、善《ヨキ》ことのかぎりをして、諸人《モロビト》をなつけたる故に、聖人はまことに善人《ヨキヒト》めきて聞え、又そのつくりおきつる道のさまも、うるはしくよろづにたらひて、めでたくは見ゆめれども、まづ己《オノレ》からその道に背《ソム》きて、君をほろぼし、國をうばへるものにしあれば、みないつはりにて、まことはよき人にあらず、いとも〳〵悪《アシ》き人なりけり、

ここで「聖人」とは、もちろん儒学の根本経典「六経《りっけい》」を定めた中国古代の七人の王のことを指します。彼らは、「六経」に「道」を定めて乱れた世を治めた。しかし、ほんとうに世は治まったのか、というのが宣長の大変鋭い問いかけです。世を治めたものは聖人が説いた「道」ではない、策略と甘言と脅迫と、最後には武力ではないか。だから、帝国の支配者はいつか必ず倒され、国そのものが入れ替わる。そこに、聖人が説くような「道」の徳などはないからこそ、「道」は作りもうけて説かれることになる。が、「諸人」は、実はそんなものを信じても、ありがたがってもいない。

そういうわけで、「漢国《カラクニ》」で「道」がことごとしく説かれるのは、まさにそこに「道」がないからである、というのが宣長の主張です。

ひるがえって、わが「皇国《ミクニ》」はどうか。「皇国」は、決して帝国ではありません、事実上は国家でさえなかった。「国《クニ》」は、「天地《アメツチ》」の「地《ツチ》」というのと同じ意味です。「天《アメ》」にいる「天《あま》照大御神《てらすおおみかみ》」が、稲穂を託してその孫を送り出した「地」の拡がりが「皇国」になります。その孫は「皇孫《スメミマ》」と呼ばれ、代々の天皇は、みな同じ、ただひとりの「皇孫」として、神から米作

りを「事依《ことよ》さし」されている。神から「事依さし」された米作りの暮らしそのものが、「皇国」のなかにある「道」なのです。ここでは「道」は、理屈ではない、暮らし方です。聖なる生産と消費の仕組みそのものだと言ってもいいでしょう。

「實《マコト》は道あるが故に道てふ言《コト》なく、道てふことなけれど、道ありしなりけり」と宣長は断言します。こうしたことを、宣長ほどの明晰《めいせき》さと信念とで論じた人は、彼以前にはいないのです。彼以後にも、そういるわけではない。そもそも、宣長が初めて渾身の力で明らかにしたこの思想は、はなはだしく誤解されてきました。狂信的な愛国主義のひとつというわけです。けれども、そういうことを言う人は、宣長の言う「国」の意味ひとつ理解してはいない。宣長から見れば、愚かな信心は、「漢国」の空理に引きずられる儒者たちの卑屈な心根にこそありました。

## 「事依さし」の暮らしとは

幕末に『延喜式祝詞』の注釈を書いた鈴木重胤は、この仕事を通じて、宣長が「神の如き人」であることを、嘆声をもって見出します。学説の細部においても、それを導く思想の大きさにおいても、「神の如き人」がそこにいることは疑いようがないと思いました。

前にも少し触れましたが、保田與重郎は、昭和十年代後半、大東亜戦争が終末に近づくにつれ、恐ろしいほどの集中で鈴木重胤の『祝詞講義』を熟読したものと思われます。その過程で、宣長もまた徹底して見出し直されている。その成果は、昭和十九年の『校註 祝詞』に、一挙に、爆発的に現われてくると言っていいでしょう。

ここで保田は、はっきりと語るに至ります。大切なものは米作りによる祭の生活であり、神の「事依《ことよ》さし」を受けて人力《じんりよく》の限りに働く暮らしであると。ここに還ることだけが、「この度の人爲の大世界戰の荒廢を救ひ、來るべき文化の母胎となるもの」を人類に向かって明らかにする路であると。「事依さし」と「農民の勤労」との関係について、保田は『校註 祝詞』で次のように言っています。

かくの如く働くために皇神《すめがみ》のめぐみもあるといふのでなく、「依さし」のゆゑにかくは働くのである。即ちかく働くことが「事依さし」である。この「事依さし」の眞意は、國の大典政道の上で重大なことである。わが國では大小のことみな「事依さし」給ふので「授け委ねる」といふことはない。されば之れを體することを、政治經濟一切の根本として考へられねばならぬ。人力をつくせば神助があると思ふのは、この意味でなほ人爲のさかしらごとであつて、人力を盡すことが「事依さし」に仕へ奉るみちである。こゝの本末を顚倒《てんとう》してはならぬ。これも今の世の中で、深く思ひあたるところであらうし、我々の生き方を決定すべき教へともなることである。

(『校註　祝詞』「祝詞式概説」)

「事依さし」の意味は、もはや「祭」の生活から離れた人間には、なかなか捉えにくいものになっています。「依さす」ことは、その年の神さまが人に農作を依頼することですが、依頼して神さまはのんびり作物ができるのを待っているのではない。神は人力のなかに入り込み、育つ稲のなかに入り込み、作物が収穫されるのに必要な一切の物のなかに入り込んで、その「神業」を為すのです。

だから、人力を尽くして働くことは、そのまま「事依さし」を体《たい》して生きることと同じになります。「事依さし」では、農事の努力すべてが肯定され、作物を得て、喜びに溢れます。人事を尽して天命を待つ、というような賢《さか》しらで残酷な考え方はここにはありません。祭人《まつりびと》として働く者が「神助」を待つ必要はないのです。「こゝの本末を顚倒してはならぬ」と保田が言っているのは、実際そのように転倒した考えが、その時、国家神道の偽装された権威のもとで叫ばれていたからです。死力を尽くして戦えば、神風が吹く、というように。祈るだけでは神風は吹かぬ、死んで戦え、というように。

『校註　祝詞』に引き続いて書かれた『鳥見《とみ》のひかり』で、保田はさらにはっきりと書いています。彼は、まず武士の政治を批判することから始めている。

かくて御門守《みかどもり》だつた武士が、發達過程の商と投機を併《あわ》せて、政治の最高を支配するに到つた時に、商品として購入した物品や、力による徴發物や勝利品を以て神を祭ることが、專らの道と考へて了つてゐたのである。それは善に入る一つの道である。たゞわが祭祀の根本でなかつた。卽ちその行爲は、つひに祭政一致の根本に通じないのである。その時代に學問ある武將は、儒者の祭式精神を眞劍に信じ、これを善政の根據としたのである。正にそれは善政の根據となるが、わが國の祭政一致の自然なものを去ること遠いゆゑに、そこにある民を御《ぎょ》す政策の破綻は覆ひ難い。卽ちその祭りは事依さしの道に仕へる者、卽ち生產に當る者と、非生產生活をなしつゝ支配政治によつて生きんとする者とが、こゝに一箇觀念の敬神を立て、この祭りの雰圍氣と式典演出の藝能によつて、神の道を生活として仕へ奉つてゐる民、卽ち祭りと共にある民を御することを計るのである。

（『鳥見のひかり』「事依佐志論《ことよさしろん》」）

封建時代の武士は生産に携わることなく、「政治の最高を支配する」。その武士が善政を敷く拠《よ》りどころにするのは、儒学の経典に記されているような祭式の精神です。これによって立てることができるのは、あまりに抽象的な徳と天命による「政道」という考え方です。「道」は生産の暮らしを離れた観念体系、つまり儒学思想になり、「祭」もまた抽象的な「敬神」のための「式典演出の藝能」になってしまう。「これ卽ち己によつて己を律することである」。

他方、「神の道を生活として仕へ奉つてゐる民」は依然としている。いなければ、武士が食べる農作物はできないのです。ここでは、「神の道」は、米作りによる祭の生活、事依さしされた農の暮らしそのものです。そこに生きる民を御すことが、武士の「政道」によってできるはずはない。武士と農民とには「神」という共通の言葉はあるが、それによって経験される内容は、まったく異なっています。

近代の国家神道を押し立てて、敬神を奨励し、種々の「祭典」の挙行によって戦意を高めようとしている軍部、政府のやり方は、武士の「支配政治」を近代化したものにほかなりません。保田は、『鳥見のひかり』でこのことを言うのです。明言はしませんが、どう読んでも、そう取れるように書いています。

政治生活や投機生活の現實面を峻《けわ》しくへてきた者は、怖るべき神助を味ふだらうが、この神助はけだし觀念のものとして投機的であり、米作りの民が生産に於て味ふ神助の實感の、大様にして不滅不朽の感覺と共通するものではないのである。米作りの民の味ふ神助は、祖《おや》の代々より萬代の子孫に及んで、天地《あめつち》と共に必ずあるとの確信である。問はれた時には、必ずあると理窟なしに諾《うべな》へる自然の確信である。一粒の米が何本もの穂となり、それが千《ち》穎八百穎《かひやほかひ》に稔ることとは、高天原《たかまのはら》より代々をへて無窮《むきゆう》に變ることのない神の契りである。祭政一致の根本はこの米作りを大本として、一切の生産にわたるものである。それが幕府の祭禮や觀念神の祭典で代行できない所以《ゆえん》を悟りたいと思ふ。

（『鳥見のひかり』「事依佐志論」）

日本に古くからある「道」、「道」と言挙《ことあ》げされる必要のない「道」は、米作りによる祭の生活そのものです。祭は一年を通じての聖なる生産と消費全体について言われます。この暮らしには、必ず神助が伴っている。なぜなら、日々の神助なくして、稲は育たないからです。この暮らしは、自然の無窮の循環のなかにあって、何ものも消尽、消耗させません。田畑に降った雨は、蒸発して雲になり、また雨になる。人が育てた米は、人の体を通って排出され、また土に還って肥料になる。

この循環に従って生産生活を立てていく限り、人は何をも侵さず、奪わず、破壊せずに済みます。先を争って、何かの発明を競い合う必要も、投機の行為で他人を出し抜く必要もない。自分ひとりの考えを主張して、人を論破する必要もない。そうしたことはみな、神意に適《かな》う振る舞いではありません。神意に適う振る舞い方とは、神が生み出す循環のなかに深く入り込み、そこに恒久の平和を実現させる暮らしなのです。米作りによる祭の生活はそれを実現させる。

天照大御神《あまてらすおおみかみ》からの「稲穂の神勅《しんちょく》」を伝える天降《あも》り神話は、そのことを具体的に示したものだと言えるでしょう。

このような暮らしと無関係に為される祭は、投機的生活者たちの気晴らしのから騒ぎに過ぎなくなります。彼らの信心する神さまは、みな何らかの世界宗教に吸収される観念神であり、それに従う根拠は、自分ひとりの揺れ動く信仰心のなかにしかありません。ここには、「神助」というものについての止みがたい不安と自信のなさが募ります。有害無益な神学論争のたぐいは、まさにそうした不安と自信のなさから起こる。これが保田與重郎の信ずるところです。

保田の言っていることは、単なる自然信仰のようなものではありません。人為人工を嫌って悠久の自然に溶け込む、というような老荘思想は、彼にとっては、生産生活を遊離した都会人の一種の観念的反動から生まれたものに過ぎません。本居宣長は、自分の説が老荘思想と混同されることを、とても嫌いました。「直毘靈」で、「道」について宣長が述べる次の定義には、この混同に対する慎重な心構えが見られます。ここは、保田が非常に好んだ箇所ですので、よく読んでみましょう。二字下がった行は、やはり注記です。

そも此《〔コ〕ノ》道は、いかなる道ぞと尋《タヅ》ぬるに、天地のおのづからなる道にもあらず、

是《コ》をよく辨別《ワキマヘ》て、かの漢國《カラクニ》の老荘などが見《ココロ》と、ひとつにな思ひまがへそ、

人の作れる道にもあらず、此《〔コ〕ノ》道はしも、可畏《カシコ》きや高御産巣日《タカミムスビノ》神《〔カミ〕》の御靈《ミタマ》によりて、
世《〔ヨ〕ノ》中にあらゆる事も物も、皆悉《ミナコトゴト》に此《〔コ〕ノ》大神のみたまより成れり、
神祖伊邪那岐《カムロギイザナギノ》大神伊邪那美《イザナミノ》大神の始めたまひて、
よのなかにあらゆる事も物も、此《〔コ〕ノ》二柱《〔二ハシラ〕ノ》大神よりはじまれり、
天照大御神の受《ウケ》たまひたもちたまひ、傳へ賜ふ道なり、故是以《カレココヲモテ》神の道とは申すぞかし、

「天地《てんち》のおのづからなる道」とは、老荘思想に言う「天地自然《しぜん》の道」を言います。この道の定まりある運行を「天地自然の理」としてひとつの観念体系にする。「漢国《カラクニ》」が好むところは、いつもこのような恣《ほしいまま》の理です。「天地のおのづからなる道」と言いながら、勝手な理屈で凝り固まった大形而上学にほかならない。『古事記』に記された「天地《あめつち》」は、このような理屈で語られる「天地《てんち》」ではありません。「天《あめ》」と言えば、実際に見えるあの大空であり、「地《つち》」と言えば人が立つこの土のことです。「天地《あめつち》のおのづからなる道」が、ここにもあるとすれば、それは「たゞ物にゆく道」なのです。

それは、もちろん「人の作れる道」ではありません。「事」や「物」を作るのは、すべて高《たか》御産巣日神《みむすびのかみ》の働きによります。この神は、比喩や寓意によって物語られているのではない。〈在る物〉を産出する働きそれ自体として、その実在がそのまま深く信じられ、命名されてい

るのです。このような神が産んだ物があり、ただその物にゆく道が「神の道」、あるいは「神《かむ》ながらの道」だと言うことができます。

こういう「道」は、神ながらに生きる暮らし以外のところにはありません。それは、「事依《ことよ》さし」された米作りの生活です。

## 正しい生活の恢弘《かいこう》

故郷の大和桜井で農事に励んでいた保田與重郎が、戦後第一作となる随想集『日本に祈る』を「まさき會 祖國社《そこく》」から刊行したのは昭和二十五年です。この本に収められている「にひなめ と としごひ」「農村記」の二つの文章は、昭和十九年の『校註 祝詞』以後、急速に深められていった「神ながら」の思想を、いよいよ確乎として明らかにしたものと言えます。「米作り」という言葉が、彼が携わる文学の根本原理として、はっきりと活き始めてくるのです。保田自身は、この変化、あえて言うならば転回を、「にひなめ と としごひ」のなかで次のように述懐しています。

小生が今日旨として考へるところとしては、後鳥羽院以後隠遁詩人の生きた道を、そのまゝ生きることではない。志ある文人の行き行くべき道は、かゝる隠遁詩人の道に他ならないといふことは、小生が戰爭以前に唱へ、自らの戒となし、戰爭中を通じて唱へ來つたところであるが、昭和十八年夏以後に於て、直面しつゝある大事を痛感した時、今こそまことの日本のいのちなる道德の本質を明らかにすべき時を味つた。當時小生は式祝詞の校註を試み、これを賣文市場に投ずるを潔しとしなかつたのである。爾來今日に於ても小生の心境は、後鳥羽院以後隠遁詩人の氣質より一歩轉じ、「鳥見のひかり」の恢弘《かいこう》につゞくものである。よつてわが古道の現狀にもとづく別個の一段と侘《わび》しい隠遁詩人時代を形成する時が來つたのである。小生は後鳥羽院以後隠遁詩人の、なほ思はなかつた別個の隠遁の生成の理を構想するのである。たゞし小生の心境を問ふ人に對しては、わが思想が、十八年後期以後、既記文章の系列につながり、多少の精密と確實さを加へたことを述べておくのである。

「十八年後期」とは、『校註 祝詞』の執筆が構想、開始された時期を言うのでしょう。「既記文章」とは、この『校註 祝詞』と『鳥見のひかり』の二冊を指している。昭和十八年後期以後、自分の仕事はこの二冊に示した「神《かむ》ながらの道」と切り離してはないであろう、保田はそう言っているわけです。それによって、自分の思想は「多少の精密と確實さを加へた」とも。

確かに、そのように言うことができるでしょう。保田が若い頃に書いた定家や和泉式部や後鳥羽院や芭蕉に関するあの絢爛とした文学評論は、「十八年後期以後」、彼が摑《つか》み取った〈米作りによる祭の生活〉という原理から読み直した時、ほとんど啞然とするほどの「精密と確實さ」を持ってきます。それは、誰より彼自身にとってそうだったでしょう。「後鳥羽院以後隠遁詩人」によって脈々と伝えられた「志」の系譜は、古《いにしえ》の言霊《ことだま》の風雅《みやび》を、世々の「流行」のなかに「不易」として受け継ぐものでした。文芸批評家としての保田の志もまたそこにあったのです。けれども、言霊の風雅はさらにその根底に、米作りによる祭の生活を持っていた。そこに美感、道徳、信仰の一切の基盤を持っていたのです。昭和十九年、日本の存立が決定的な危機に直面している時、保田は日本人の生活が立つべき不滅の原理を、一身を捨てて説こうとしました。それはもはや「隠遁詩人」としてではありません。「まことの日本のいのちなる道徳」を恢弘する者としてです。以後、最期の日まで、保田がこの役割を放棄することはありませんでした。

保田の言う「神ながらの道」は、神道でしょうか。そう言ってもいいのですが、この神道という言葉は、「神ながらの道」をわざわざ歪曲するために使われたようなところがある。後世の余計な宗教的粉飾でいっぱいになり、一番大事な本来の意味は紛失しているのです。

かゝる意味で、わが神道はいふところの宗教でない。小生はその一つの「宗教が見せる」世界と異る世界の秩序を云ふのである。観念上の問題でなく、生命の原理として、生活の恢《かい》弘《こう》である。正しい生活の恢弘である。道は外にあらず、観念に非ず、生活の中にある斯《こ》の道を恢弘する思想である。詩人が不平に歌ふことなく、文人が隠遁に理想と美を生木の燃ゆる如くに燃焼させる要なき日を、恢弘する原理を、米を作る地帯と人々の道に於て、形成するにある。

（「にひなめ と としごひ」）

国際化した宗教は、物語による虚構と教義と布教のための社会組織を作って、どこにでも入り込んでいきます。勢力の拡張を望むことは、こういう宗教の本質ではないでしょうか。信者を増やすためには、人々に安心や希望を与えなくてはならない。死後の世界についてのもっともらしい物語があることは、こうした宗教に必須のことでしょう。

上代《かみつよ》に伝わる「神《かむ》ながらの道」では、こんなことは何ひとつありません。たとえば死の安心ですが、前にも述べたように、人は死ねばただ「黄泉《よみ》の国」に行くとされる。伊邪那《いざな》美命《みのみこと》でさえ、お産で死んだ時は、そこへ行った。しかし、その国がどんなところか、『古事記』にはほとんど書かれていません。したがって、誰にもわからない。わからないのが「黄泉の国」であり、死だとされていました。こういうものを、普通には宗教と言わない。では、何なのか。暮らしの道なのです。神さまと一緒に、稲を育てて祭をする人々の暮らしの秩序、これを上代に伝わる「神ながらの道」と言います。

昭和十八年後半以後、保田はこうした世界にある暮らしの秩序を、世に恢弘することをもってみずからの文業の一番重く大切な役割としました。「後鳥羽院以後隠遁詩人」の志をもって傑出の批評文学を成し、売文業界に畏《おそ》れられるのもよい。しかし、現下の日本のありようを見てみれば、どうであろうか。文人として果たさねばならないことは、さらに重く大きいのではないか。果たさねばならないその役割を、保田は「正しい生活の恢弘」と呼んでいるわけです。

現下の日本、と言いましたが、これはもちろん敗戦を通過して正反対の方向に転換したとは言えます。けれども、正反対の方向になっている日本の危機は、その本質において同じものである。保田は、そう観ていました。その危機とは、一口で言うなら、「近代の富」に憧れ、追従し、それを多く手に入れることをもって最大の成功や幸福とする、そういう国の在り方です。また、国に住む人々の欲望の在り方です。

今次の敗戦は、明治維新にあった文明開化の大方針が、とうとう行きついた結果ではないか。敗戦後は、どうでしょう。そこにないのは、自国の軍隊だけです。国は依然として近代の繁栄にあずかることを念願している。いや、戦中からの窮乏生活がますますその念願を熾烈《しれつ》にしていると言える。自国の軍隊を持たずに、近代の富を限りなく得ること、このやり方で世界に頭角を現わそうと望んでいるのです。これは、恥ずかしいことではないでしょうか。

「近代の富」を作り出したのはヨーロッパの産業革命です。この産業革命を生み出したのは、長く狩猟、牧畜民として生きてきたヨーロッパ人の合理的思考方法です。この思考方法は、獲物と戦って、これを殺すか、捕らえて一定の土地のなかに囲い込むかすることを、本来の目的にしています。そのための思考は、明確な区分や対立の設定を好むし、広範な土地を制圧して、そこに計算や予測を持ち込むことを好むようになります。そこに争いが起こる。

狩猟のための飛び道具は、戦争のための鉄砲となって長足の進歩を遂げました。牧畜の土地は、領土になって、国の勢力そのものの証《あかし》になりました。そうして獲得される広範な領土は、できるだけ短時間に移動できる手段がなくては、守り切れないし、物の流通も成り立たない。そういうわけで、汽車が走り、飛行機が飛ぶ。「近代の富」は、こうしたことを背景にして現われてきた物質文明にほかなりません。それを求める限り、近代の残虐な武器と物量を駆使した世界戦は、避けられないものになる。保田は、そうしたことを戦中から訴え続けてきました。

蔓草《つるくさ》は横にのびて境界を犯すが、稲は上にしかのびない。牛馬は牧場の縄ばりを越えて他人の草を食《は》むが、上田の水を暴力で保持することは出來ない。それをあへてなさざるを得ない時は、米作による生活保持のためでなく、以外の政治上の陰謀か政治經濟上の指嗾《しそう》のためである。その行爲は別の原理から出てゐる。米作を大本とする生活は、自體が平和を原理とする。平和といふものの人間生活的原理は水田耕作の外にない。(「にひなめ と としごひ」)

恢弘《かいこう》すべき「正しい生活」とは、米を作って永遠の循環に生きる「神《かむ》ながらの」生活です。古神道で「道」とは、このような生産生活のことを言います。「かゝる神道が人間の野望と、そこより起る苦難と爭亂を救ふ原理であることが、この意味に從つて理解されたことは、宣長以降我國に於いてさへないことであつた」(同前)。以降にもありませんが、以前にもないのです。思想として、一貫した言葉で述べられたことがない。『古事記傳』という仕事は、宣長にこれを渾身の力で行なうように強いました。その言葉は、当時から非常に大きな反響を呼び、学者たちの間に誤解、反感、混乱を引き起こしました。それは今も続いていると言っていいのです。

いまや保田もまた、それを強いられているように感じます。「天地自然のみちでもない、たゞ一つのこのみちと云つた宣長のことばを、今日の思想界の俗語にかへて云ふことは、小生の一つの務《つと》めだつたのである」(同前)。それで、彼は「平和といふものの人間生活的原理は水田耕作の外にない」などと言わなくてはならないわけです。

このようなことを保田が言うのは、隠遁詩人が生きる言霊《ことだま》の風雅《みやび》には、そぐわないかもしれません。けれども、隠遁詩人が「偉大な敗者」としてこの世に在らねばならない「イロニー」は、「正しい生活」が、米作りによる祭政一致が、この世にないことに因《よ》ります。「政治上の陰謀か政治經濟上の指嗾《しそう》」は、神人が分離し、祭政一致が崩れた時には、必ず激しく起こります。神ながらの道に生きようとする「志」は、この争いにいつも敗れます。「文人が隠遁に理想と美を生木の燃ゆる如くに燃焼させる要」があったのは、このためにほかなりません。「詩人が不平に歌ふ」必要のない日、「文人が隠遁に理想と美を生木の燃ゆる如くに」燃え尽きさせる必要のない日、たとえば人麻呂がまっすぐに神だけを観て歌ったような日は、もう決して来ないでしょうか。戦後すぐの保田は、自国の軍隊を失い、戦争を永久放棄すると言わざるを得なかった日本に、その日の来る可能性を、あえて観ようとしています。観なければならぬと、感じます。「正しい生活の恢弘《かいこう》」という言葉は、ここから述べられているのです。

## 絶対平和

さきほど述べたように、「近代」が機械文明によって生み出す富は、ヨーロッパの長い間の牧畜生活にその根を持っています。西洋で自然科学と呼ばれるものは、狩猟、牧畜生活が必要とした知性、思考方法が、極度に純化されたものだと言うことができます。言うまでもなく、ヨーロッパにも古くからの農耕生活がありました。が、寒冷で雨量の少ないヨーロッパの大地で収穫されるものは麦です。畑作される麦は、土地を疲れさせ、そこに住む人が食べるのに充分なパンを供給しません。農耕は、どうしても牧畜によって補われなくてはなりません。パンは、肉によって補われなくてはならないのです。ここに西洋というものの形を決定した自然の条件があります。

哺乳動物、獣類を殺して食肉を得る生活は、それに応じた知性や闘争心や果断な行動力を必要とするでしょう。西洋人の合理精神、闘争の巧みさ、時に冷徹な決断力は、もともとは牧畜生活が要求したものです。そうした能力は、そのまま近代の機械工業、都市産業の発明と発達に恐ろしく有効でした。世界戦争を可能にさせた近代兵器は、ここから生まれている。

稲作を中心とした農耕生活では、そんなことは起こりません。ここでは、動物を殺すことの代わりに、植物を愛して育てる仕事がある。それを食べることは、そのまま、植物が生育する循環のなかに、食べる人を引き入れる働きを持っている。そのように愛されて育った稲が、秋にはよい米を実らせて人に報いるものであることを、実感しない農民はいないのです。一年ごとにめぐるこの循環に、その年その年の神の働き、「産霊《むすび》」の働きを観ることほど、自然なことがあるでしょうか。

このような生産生活に、殺生をする道具は一切必要ではありません。他人との闘争も、自己主張も必要ではない。何よりも必要なのは、神人共に協力し合って働くことでしょう。この生活を「祭」と言うのです。米作りは、神業《かみわざ》の成すところである。この暮らし方は、絶対平和を実現する唯一の原理としてかつて在った。この近代においても、それを証明することはできるでしょうか。そうするには、まず近代生活の物欲による奢侈《しゃし》を認めない、欲しがらない、憧れない、そういう精神の簡明にして絶対的な態度が必要になってきます。

近代生活——それは何ものかを半植民地狀態におくことによつてのみ、わが國人に可能な生活である、そしてさういふ生活へのあこがれが勢力をなし流行をなす限り、その情態に甘んじる者と甘んじない者の爭ひは今後もつゞくであらう。又くりかへされるであらう。これが不幸な狀態であることは、この爭ひが暴力以外に決定するものがないと見られ易いところに原因してゐる。

（「農村記」）

資本主義国と共産主義国とのイデオロギー対立、というようなものは見せかけの欺瞞《ぎまん》に過ぎない、と保田は言い続けました。アジアの植民地化によってすでに充分に「近代の富」を得た国々と、党の独裁によってしか貧しい自国を支配できず、しかもその目的とするところは、やはり「近代の富」を奪取することにほかならないような国々、この二大勢力の争いがあるに過ぎない。この争いのために、どの国も総力を挙げて近代兵器を開発し続けるでしょう。「近代の富」に憧れている限り、これを止める手立ては、ほんとうにはないのです。

米を作り米を食つてゐる地域と人口は、近代に於ては、生れた日に於て、近代の生活を維持するために、己は世紀の貧乏を荷《にな》はねばならぬといふ、宿命的なものを荷つてゐたのである。日本の田園は都市を養つてきたのである。この生活の中にあつて、彼をあこがれることは、救ひの方法とも救ひともならない。ガンヂーが示した三百年の歴史の經驗は深刻である。所謂近代の生活以上に幸福な正しい生活が、なほあるといふことを、米作地帯の人口は、己の生活の道によつて、疲れきつた頭腦をふるつて考へるべき時である。工業生産に從ふ勞務者の思想と、農の生産生活者との間に、思想、道義觀、世界觀の異るのは當然である。他者はその愛情を全然知らない場合が多い。小生は右でも左でもない。當今の政治的人間の見出し得ぬ愛情を、日本に對しもつものである。（同前）

日本が「近代の生活」を送る時、農村は米を作って都市生活者を養い、近代という世紀の貧乏を荷なわなくてはならなかった。養われている都市生活者の文化は、たとえば西田哲学や白樺派の文学というものは、農村のこの暮らしとは何の関係もないところで生み出され、語られてきました。しかし、ほんとうに必要な文化、道徳、「救ひの方法」、そして「愛情」は、農の暮らしのなかにある。それは、「近代の富」に憧れる心理状態が続く限りは見えてこないのだと、保田は言うのです。

戦後は、その農村の貧しさを、農業経営そのものの近代化によってなくそうとする政治経済の流れがありました。この場合、近代化とは大型機械を農地に導入し、大量の化学肥料を使うことでしょう。農産物は、工業生産品と変わりないものになっていく。当然ながら人手は、どんどん不要になっていきます。それに、工業生産品と変わりないものなら、生産上効率の悪いものはみな輸入したほうが得だということになる。

また、米を食べる量は、大きく減少しました。私たちが食べている物のほとんどは、実際の工場生産品だと言ってもいいくらいになりました。消費の欲求がないところに、どんな形の生産も成り立ちようがありません。都市を養う田園、という戦前の社会構造は、もうなくなってしまいました。

けれども、今の日本にもまだ米を作っている人は、たくさんいる。その作業の大半を手仕事でやっている人々もいます。彼らは、なぜ今でもそうするのでしょう。そこにいろいろな個別事情があることは当然です。しかし、そういう人たちは、今こそ「所謂近代の生活以上に幸福な正しい生活が、なほあるといふこと」を、新たに考え始めているかもしれません。いや、考えざるを得ないでしょう。

近代生活の物欲的な奢侈《しゃし》、贅沢を追求する人の心は、必ず対立、否定、争闘を引き起こします。どんな段階までいこうと、ある者の奢侈は、別の者の欠乏と感じられ、この心理的、経済的不安定は、近代社会を動かす動因そのものとなるほかありません。この不安定の連鎖は、追い詰められれば国家間、民族間の戦争という形で解決されようとします。これを抑止する手立ては、むろん近代の内部でいろいろに考えられてきました。が、そこには、平和の「根基」となるべき文明の道徳がない。ありようがないのです。

「ガンヂーが示した三百年の歴史の經驗」とは、ヨーロッパによるアジア侵略の歴史の経験です。アジアを「アジア」という言葉で見出したのは、ヨーロッパ人です。ヨーロッパ人からそう呼ばれてみて、ああ、自分たちはアジア人というものなのかと思った。そう言ってもいいでしょう。その認識が沁みとおった時には、アジア諸国はすでに侵略され、ヨーロッパの「近代の富」を支える土台のひとつとなっていた。「ガンヂーが示した三百年の歴史の經驗」は、決してヨーロッパ人が示したことのないものです。

保田は、ガンジーがインド独立運動のなかで展開した「無抵抗主義」に、アジアの文明そのものの根本の現われを見ています。それは、米作り地帯の道徳に根差している。『日本に祈る』

と同じ年に刊行された『絶對平和論』（まさき會　祖《そ》國《こく》社）のなかで、保田は次のように言っています。

　ガンヂーの無抵抗主義は、近代生活をボイコットする生活に立脚せねばならないのです。本來は確立した生産生活に立たねばならぬのです。無抵抗主義は政治的ゼスチユアでなく、一箇の最も道徳的な生活様式です。

　日本の自由主義者のやうに、戰爭は嫌ひだ、自衞權の一切は振へない、しかし生活は近代生活を續けたいといつた、甘い考へ方ではありません。その考へ方は非道徳的であつて、決して無抵抗主義ではありません。

　我々の願望は、何が入つてきても表から裏へつきぬけさせる、むかうの方で抵抗を豫想するところで、何の障壁もなくて、結局つきぬけて了ふやうな生活を考へてきたのです。これがアジアの道の生活であり、倫理生活の實體です。近代生活は戰爭なくして成立しないのです。搾取なくして成立しないのです。これはソ聯の場合でも同じことです。

　この言葉が、敗戰後、占領下の日本で述べられていることは、一応は顧慮《こりょ》する必要があるでしょう。

この頃、日本の近代生活は困窮を極め、自衛のための再軍備がもし可能だとしても、それはアメリカ合衆国の統制下の話でしかありません。保田は、この時の日本の将来に、ある意味では希望を感じていました。明治の文明開化の方向が、徹底的に頓挫《とんざ》した今こそ、「神《かむ》ながら」の道、米作りを中心においた「一箇の最も道徳的な生活様式」の建設に、日本はその進み方を変えていくことができる、わずかでもその可能性がある、と感じていました。『日本に祈る』とは、その建設を祈ることとです。

戦後の「日本国憲法」にある感傷的な平和主義に、保田はひとつの甚だしい「非道徳」を見ています。このいわゆる「平和憲法」で謳われている幸福にして文化的な生活とは、「近代の富」を最大限享受する生活のことにほかなりません。そして、そのような富を確保するのに不可欠な近代戦争は、これを永久に放棄する、というのです。

戦争を永久に放棄するのなら、「近代の富」を必要としない、それに対する欲望や憧れを決して持つ余地のない生産生活の仕組みを作り出さなくてはなりません。近代兵器を装備した自衛力も放棄しなくてはならない。このような生活体が、もしも侵略に対して戦うことになったとしたら、何を手に執って戦うことになるか。保田は、竹槍を勧めています。竹槍を手にして、一途に懸命に戦う。水田や村や山林を背にして、黙ってただひたすらに戦う。近代兵器の暴力に対する道徳や精神の、つまり〈文明〉の闘いは、このようにしてしか可能にならない。

保田の言う「絶対平和」は、平和しか存在する余地のない生産生活の無窮《むきゅう》の循環を指します。が、「絶対平和」以外に、私たちが暮らしのなかに得る平和というものは、ほんとうには存在しないのです。単に戦争がない状態は、平和などではない。

## 繁栄と勤勉さ

けれども、戦後の日本は、言うまでもなく保田與重郎の祈ったような方向には、進みませんでした。いったん頓挫《とんざ》した「文明開化」の方向が、別の形で大がかりに再開された。アメリカとの「安全保障条約」のもとで、日本は驚異的と言われる経済復興を短期のうちに成し遂げました。

このこと自体を、保田は決して嘆いてはいません。むしろ、よかったと思う。食べ物もなく、路頭に迷う人々が溢れた敗戦直後より、目覚ましく経済復興したこの国の人々が幸せなのは言うまでもない。これを口先で、観念的に否定するのは、人への自然な愛情をどこかに紛失した知識人でしょう。それよりも、保田が思うのは、この「驚異的復興」をまたたく間に成し遂げてしまった日本人たちの「勤勉さ」というものです。

彼らは、「日本国憲法」についてのジャーナリズムの論議も、「日米安全保障条約」についての知識人の議論ともまったく無関係なところで、ただ黙々と、己の損得もなく、時として異様なまでに働いた人々です。この勤勉さは、どんな場合も決して言挙《ことあ》げしないあの古い水田耕作者たちのなかに脈々と続いてきた性質の蘇《よみがえ》りにほかなりません。このことの痛ましさを、保田は思うのです。

彼らの勤勉は、その方向を逆向きにされ、またもや「近代の富」を築き上げることへと突き進み、その結果として、言挙げしない彼らの勤勉さ自体が、軽侮《けいぶ》され、非難され、意味を成さなくなるような事態に辿り着いていくのではないでしょうか。こうした勤勉さに報いる道徳も、信仰も、愚劣な消費が渦巻く近代の繁栄のなかにはないのです。これは悲劇的な事態だと言わなくてはなりません。

この悲劇は、「大東亜戦争」をただ黙々と、一途に戦った兵士たちにおいてもやはりありました。保田はそのことを、すでに『校註 祝詞』ではっきりと指摘しています。彼らの多くは、水田耕作者が、まるで武装した侵略者と竹槍で戦う時のように、黙って、懸命に戦っている。けれども、彼らの戦いは、実際には近代兵器による西洋式国家の侵略戦争となって、アジアを根本から破壊する方向に働いてしまっている。この痛ましさに、保田は腸を断つ思いになるのです。

けれども、保田はこの戦争での無慚《むざん》な敗北を喜びませんでした。敗れて、破産したものは、まさに彼が否定してきた「文明開化」の大方針です。が、どうして日本そのものの無慚な敗北を、目端《めはし》の利く傍観者のように喜べるでしょうか。まったく同じように、戦後日本の想像もできなかった経済発展を、保田はこの発展のために働いた人々と共に、一応は喜ばないわけにいかない。それは、そういう人々に対する、彼の尽きない愛情や賛嘆の念によるでしょう。しかし、この事態が再び顕《あら》わす日本の悲劇性に、彼は新たに慄然《りつぜん》とせざるを得ないのです。

このような繁栄のなかで、「神《かむ》ながら」の暮らしの道は、どう説かれればいいのか。このことは、戦中に劣らず難しい。昭和三十五年から翌年にかけ、保田はひとり書きためていた『述史新論』（没後昭和五十九年に『日本史新論』として刊行）という文章のなかで、次のように言っています。

> 我國は百年以前に、西洋の兵力の脅迫の中で西洋制度をとり入れ、これを國内に完了し、國民の勤勉努力の結果は、一大近代的强國を現出し、その自然の勢として、つひに大東亞戰爭の悲劇を經驗したのである。西洋の制度を學ぶことに對し、その端初より批判的であり、その終末を豫見しつゝ、豫見とほりの結果をつぶさに經驗したのである。その批判の態度となつた道德の保有は、しかも再建の原動力となるといふ一種の矛盾的現象をひき起したので

ある。この日本の近代史上の悲劇的矛盾の史實と、その根柢の傳統の立場が、我國が西洋に對して最も批判的であるべき理由の一つである。我々は百年前、黒艦と大砲の脅迫下で、鎖國を守るべきだと主張した國論の眞意を、今日、高く大きい聲として、再び世界の人道に呼びかけるべきである。鎖國を主張した日本のその日の立場には一種の惰性的な安逸感を保持しようといふ消極退嬰《たいえい》のものをふくんでゐたかもしれない。今日は然《しか》らずして、人道の根據として世界に叫ばねばならない。この思想を我々は國民の内的生命に於て確認するからである。

第二次大戦後、欧米諸国の資本主義は、植民地主義によって国を膨張させる時期をすでに過ぎ、外に向かっての侵略を特に必要としない近代生活の安定期に入りました。アジア諸国のなかで、この安定期に最初に入ることができたのは日本だと、保田は考えています。しかも、このことの悲劇を、日本は百年にわたって充分に経験してきている。戦後独立したアジア諸国は、まだ文明開化の第一段階さえ終えていない地域が多く、これらの国々では、今後の膨張政策を不可欠のものと考えるでしょう。特にこれからの中国はそうであると、保田は言っています。
だから今こそ、日本は「西洋文明に対して批判的でありうる条件」を備えた唯一の国として、出直さなくてはならない。西洋に向かって「鎖国」を主張せよ、とは「西洋文明に対して批判的でありうる条件」の徹底した活用を意味しています。この「鎖国」は、政治、経済の上での単なる遮断ではなく、西洋の物質文明に対するアジアの精神文明（これ以外に「文明」はないというのが、保田やガンジーの考えですが）の側の拒絶なのです。

これは、一九六〇年の時点でのはなしです。その後半世紀が過ぎ、アジアに対する保田の憂いは、すでに明確な現実になっているのではないでしょうか。中国とインドとは、その膨張期を過ぎて、なお新たな膨張を続けようとしています。農業は荒廃し、そこに根差した文明の道徳は工場廃棄物のように捨てられてきました。この間、日本は「西洋文明に対して批判的でありうる条件」を、もちろん一度も活用、行使したことがありません。アジア資本主義の膨張に、ただ苦慮したり、期待したり、圧倒されたりして応じてきただけではないでしょうか。

保田の言うことは、彼の言葉を、ひとつの立場から為される政治的主張としか考えない人たちにとっては、とうてい理解不可能な言い分、ほとんど狂言綺語《きょうげんきご》に過ぎないでしょう。が、彼が立っている場所は、いつも一貫して明確なのです。そして、その場所以外に、恒久平和の文明がほんとうに実現される場所はないことを、正直な読者はやがて得心させられるでしょう。その場所の在り方について、保田は、たとえば次のように言っています。

わが建國の精神に於ては、國は支配でなく生活であつた。國土は領土でなく生産生活の様、式であつた。國家は權力でなく、道徳であつた。その生活は又道徳の實體だつたのである。さういふ「生活」を以て、國の根基とした。その生活の源流に於て、我々は神話を傳承し、これを歌ふ代々の詩人を持つた。又神話の源流は現實の國の中心として、血脈の本流として、われ〳〵の歴史の記憶を超える以前より今日に及んでつゞいてゐる。わが天皇《すめらみこと》の御存在である。

（『述史新論』）

このような文章をいかに読むか。これは、保田與重郎を読む人にとって、本質的な岐路ともなる文章です。「わが天皇の御存在である」に、呆れるばかりの右翼イデオロギーを読み、本を棄てる人がいるでしょう。けれども、もう少し注意深く文を読む人なら、「国」というものについて、保田が抱いていた思想の崇高に心底からの驚きを覚えるでしょう。このような「国」は、現実に機能している「国家」「領土」「権力」といったものすべての彼岸にあります。彼岸の神話と共にある。が、ここにある「国」は、空想されたユートピアでは決してありません。歴史のはるかな深みに潜在して、私たちの暮らしが最後に依るべき道を、これ以上ない純粋さで教える場所です。

〈潜在的〉なものは、〈空想的〉なものでも、また単に〈可能的〉なものでもありません。ほんとうに在るもの、つねに実在するものです。私たちの現実の暮らしの底の底に実在し、いつも細い不朽の緒のようなもので、現実の暮らしと繋《つな》がっている。その繋がりの実在を、保田は「天皇の御存在《すめらみこと》」と言うのです。「天皇」は、永遠にただひとりの「皇孫《すめみま》」として生き続けている。天神《あまつかみ》から米作りの「事依《ことよ》さし」を受け、地上に「祭の生活」を実現することが、「歴史の記憶を超える以前」からのこのただひとりの「人」の仕事です。この仕事を負うことによって、「皇孫」はこの国の人々のなかで、ただひとり「無所有」の存在であり続けなくてはならなかった。これが、保田の信じているところなのです。

「自然」を「かむながら」と訓《よ》むこと

晩年の保田與重郎は、人から書を頼まれるとよく「自然」と書き、これを「かむながら」と訓ませました。「神《かむ》ながらの道」は、「自然の道」と書かれてもよい、これは保田晩年の静かな確信であったと思われます。

すでに見たように、本居宣長は「直毘靈《なおびのみたま》」のなかで、『古事記』で語られる道が「たゞ物にゆく道」であることを、まことに念入りに説いていました。私たちが、ただふだん歩いている道が、「上代《かみつよ》」で言われている「道」です。ここには理屈も議論もない。けれども、その道が繋がっている「物」とは、まさに石ころでも、お米でも、神さまでも、すべてを含んだ「物」なのですから、「物にゆく道」を深く知り究めることは、実は簡単ではないのです。「直毘靈」で、宣長は言っていました。「そも此《〔コ〕ノ》道は、いかなる道ぞと尋《タヅ》ぬるに、天地のおのづからなる道にもあらず、人の作れる道にもあらず」と。では、誰が作ったのか。『古事記』に則するなら、「高御産巣日神《タカミムスビノカミ》の御霊《ミタマ》」が作ったとしか言いようはない。保田與重郎が、「自然」の文字を「かむながら」と訓ませる典拠は、まさしくここにあります。

「上代」にある「神ながらの道」は、実は「天地のおのづからの道」と言っていいものです。けれども、それでは老荘の厭世《えんせい》的な自然回帰の思想と混同される。私たちの時代では、もっと滑稽《こっけい》になって、近代西洋式の「自然に帰れ」や、自然保護運動と混同されることでしょう。「自然《おのづから》」なるものは、神の産霊《むすび》の働きそれ自体である、というのが『古事記』の立つ思想、言挙《ことあ》げされることのない信仰です。「自然」は、「産霊」の働きと切り離しては意味を成しません。宣長にとって、「産霊」と無関係な「自然」は、人が勝手に抱く抽象観念に過ぎず、ほんとうに在るものではないのです。

西洋が景観としての「自然《ネイチャー》」を発見したのは、ごく最近のことに過ぎません。十八世紀です。近代の都市生活にくたびれた者が、素朴な自然の風物や眺望に新たな美を見出す、というわけでしょう。西洋では、こういう趣味が生まれるまでは、山野はただ淋しく薄気味の悪いところでした。このことに対して、保田は言います。

自然とは素朴のものと思ふのは、殆ど根據のない一つの既成判斷であつて、圓熟した優雅とか華麗の極みといふ點で、あるひは豪華な色彩の豐かさといつた意味で、人工は自然のまヘで、ものの數とも云へない。近代文學がわが國で始つてこの方は、西洋文人の山野景觀についての自然觀にならふことに心をかたむけたあまりに、近代のわが國人は、貫之の見たやうな自然を見なくなつた。明治の新文學の文人たちは、自然を人間性の象徴の如くに眺めるやうな、低い劣つた西歐風觀照法に努力したのである。貫之や、その後の敕撰集《ちよくせんしゆう》時代のすべての日本文學にとつて一番あたりまへのことで、従つてそれについて何らの解説もしなかつたことを、もう我々が忘れてから大凡《おおよそ》百年になる。そのこととは自然を見ることである。

(『日本の文學史』)

ギリシアの古典文明を考えれば、そこで最もすぐれた「自然」とされていたものは、知性にすぐれた「人間」でした。古代ギリシアの美術がいつも目標にしていたのは、このような「人間」を表わした理想的な「人体」を造形することです。中世のキリスト教学のなかでは、こういう「人体」は無価値になりましたが、ルネサンスの時代にはまた復活してくる。この時も、

保田與重郎書「自然」

「自然」は理想的な「人体」であり、そこに宿るすぐれた知性でした。

　ヨーロッパで、「人体」の外にある自然の「景観」というものを最初に発見したのは、十八世紀のイギリスの詩人であり、風景画家たちでしょう。西洋の自然観照は、実にこの時から始まっている。芭蕉が出てから百年近くあとです。にもかかわらず、「明治の新文学」はこういう西洋を模範にした。「自然を人間性の象徴の如くに眺めるやうな、低い劣つた西歐風觀照法」を手本にしたわけです。

　『萬葉集』はもちろん、王朝時代の勅撰和歌集から江戸末期の俳諧に至るまで、日本の詩歌が「見る」ことを知っていた「自然」は、「華麗」と「圓熟」の極みにあったと保田は書いています。その前では、「人工」はものの数ではなかったと。それは、なぜでしょうか。ここで保田が言いたいことは、明らかでしょう。日本の文学が「一番あたりまへのこと」として「見る」ことを知っていた「自然」とは、どんな時でも「かむながら」であったからです。

　日本の「自然《かむながら》」は、近代西洋の「自然《ネイチャー》」とは、まるで異なるものですが、老荘の「天地《てんち》自然《しぜん》」とも異なっている。「自然」は、「産《む》巣《す》日神《びのかみ》」の働きと切り離しては、在ることも生まれることもありません。この働きは、「理」ではない、この「天地《あめつち》」に充ち充ちている「物」の実在そのものなのです。このような「物」の「自然」の在り方を受け入れ、信じ、そこに真直ぐにゆく「道」を道徳の「根柢」とするような暮らしがある。歴史の時間を超えた太古の闇から来る日本の文芸は、あるいは造形や芸能や諸職の技は、そうした暮らしに根を持っていた。これは、保田與重郎の考え方、というようなものではありません。彼が明らかに観て、紛《まぎ》れることのなかった暮らしの真実だったのです。彼は、こんなことも言っています。

悲運や逆境を意識しそれに影響された文學は、古神道の人の場合は絶えてないところである。然《しか》らざれば古神道の人でないのである。古《いにしえ》の神道の自然《カムナガラ》に於ては、その状況自體が廣《こう》大無邊《だいむへん》な世界にあるを謂《い》ひ、殆ど世上に無縁のところに、その文學と創造精神は成り立ち、生成されるのである。この理は、後水尾天皇御集を拝見して、その中の御憤のありやうや行方を拝察すれば、凡《おおよ》そに理解されると思ふ。そこには世俗の我執《がしゅう》や慾望は無く、これが《カ》自然《ムナガラ》の風儀《テブリ》と、あきらかに和《なご》やかにさとすものがあった。わが國の文學はここ以外になく、文人の志はこれを離れて成り立たないのである。

（『日本の文學史』）

保田によれば「王朝」とは、古神道の「自然の風儀」を詩歌、文章、技芸、道徳において伝え、守るところですから、政治上の支配階級というものではありませんでした。「祭政一致」の理想も、このような王朝においては、まだどうにか保持されていました。そこでの生活は、驚くほど質素であり、華やかなもの、高貴なものは、専ら精神の暮らしのなかにあった。保田はそう説くのですが、確かに、そのように考える以外に、日本の王朝文芸にある、あの冠絶した質の高さを理解することはできないでしょう。

そこには、押し付けたり、言い張ったり、教化したりするものは何もありません。そうしたものは、みな「世俗の我執《〔がしゅう〕》や欲望」から出るのです。本来の王朝の暮らしには、ただ「これが自然《カムナガラ》の風儀《テブリ》と、あきらかに和《〔なご〕》やかにさとすもの」だけがある。

こうした暮らしの形は、一切無所有の「皇孫《すめみま》」を、言わば空白の中心にした〈米作りによる祭の生活〉から生まれています。来る年も来る年も米を作り、神さまや祖先を祭り、その暮らしの永遠を皆で喜び、それ以上の何をも望まない。このような生活の道では、「ほど〳〵にあるべきかぎりのわざをして、穏《オダヒ》しく樂《タヌシ》く世をわたらふほかなかりしかば」（本居宣長「直毘靈」）、何をことごとしく論じ、競い合う必要があるというのでしょう。こうした暮らしのなかにだけ、保田の言う「自然の風儀」は宿ります。

したがって、祭政一致の崩れているところでは、「自然の風儀」もまたおのずから廃《すた》れます。祭の暮らしとは無縁の政争が起こり、戦《いくさ》になり、ここで「古神道の人」は必ず敗れる。なぜなら、「自然の風儀」は、その本質として、争うことからかけ離れたもので成っているからです。けれども、受け継がれて蘇《よみがえ》るもの、蘇って「あきらかに和やかにさとすもの」は、敗れる人の側にいつもあります。

祭政一致は、もってまわった政治学上の観念などでは少しもありません。それは、「上代《かみつよ》」の人たちが暮らしの上で純粋に従ってきた当たり前の事実でした。その事実は、形を変え、場所を変え、小さい規模のものになり、つい最近まで、私たちの暮らしのなかに実に多くありました。「自然の風儀」は、そこにあったのです。昭和五十六年一月、数え年七十二歳となった保田與重郎は、次のように書いています。


　近い昔には、祭りとは、種々の御馳走を作り、餅をつき、うれしく酒を澤山に飲みあかすことだつた。近村の祭りによばれるといふことは、さういふ御馳走に招かれることである。そのことを、けふはよばれだ、といふやうに云つてゐた。

　多くの人が集まつて、神とともに、同じ御供《オツナエ》を食べることが、祭りの意義だつた。それには新嘗《ニヒナメ》が大もとである。祭りといふことは、新嘗だつた。農を生存の本としてゐた時代は、新嘗が卽ち祭りだつた。新しくとり入れた米で、酒をつくり、餅をつき、飯に炊いて、村中で先祖を祭り、取り入れを祝ふことが祭りであつて、この新嘗は、人と神との相嘗《アヒナメ》とされてゐた。

　新嘗は、高天原《たかまのはら》に始つた風儀だつた。高天原の神々の生活も、そのしめくゝりが、新嘗であつた。この米作りの風儀のまゝを、地上の豐葦原《とよあしはら》ノ中《なか》ツ國《くに》で行ふべしといふのが、天孫降《てんそんこう》臨《りん》のみぎりの天上の神の約束ごとである。この約束は、此國の萬世一系《ばんせいいっけい》と天壤無窮《てんじょうむきゅう》の約束であつた。これによつていつかこの地上も、天上と同じになるといふことが、わが神國觀に他ならない。地上が高天原《たかまのはら》と同じになるといふことは、この國土も神々の國となるといふことである。わが國人の傳承では、神代といふのは、人が神だつた御代《みよ》といふことである。地上のこの國も、天孫降臨のみぎりの神の教へを守りつゞけるなら、やがて神の國と同じになる。その時、人は神である。かういふ觀念の信實が、上古の時代にはあつた。こゝで云ふ上古とは、わが國人が、すでに孔子の思想も、釋迦の教へも、老子の哲學も、十分に理解しをへてゐた天武天皇の御代のころをさすのである。

（「元旦神代偲」）

「萬世一系」とは、米作りによる祭の生活を、永遠に同じただ一人の「皇孫《すめみま》」を通して行なうという意味です。この「皇孫」は、天照大御神《あまてらすおおみかみ》の孫で、天孫降臨の際には赤ん坊でした。これは大切なことで、天神《あまつかみ》から稲穂を託された「皇孫」の本質は、赤ん坊のように無欲、無所有ということでしょう。「天壤無窮」とは、米作りによる祭の生活を行なう限り、天《あめ》も地《つち》も終わることなく続くという意味です。このような生活は、信仰の暮らしですが、ここでは教義も布教組織もまったく必要ではない。信仰は、そのまま聖なる生産と消費の働きに一致しています。

その働きの中心には「事依《ことよ》さし」されたただひとりの「皇孫」がいて、この地上の暮らしは、高天原の暮らしといつも繫《つな》がっていることになる。「皇孫」の神話がそこに置かれなければ、米作りはただの食糧生産であって、信仰にも道徳にも結びつかないでしょう。また、この「皇孫」は、神話のなかに置かれ、いつも占いによって神意を伺う「人」でなかったら、この「人」は領土の支配者に過ぎないでしょう。

この話は、もちろんひとつの神話ですが、この神話は、理の言葉では決して語られない思想の表現にほかなりません。さらに、その思想はまさに神からのものであり、だからこそ、その表現には言霊《ことだま》の風雅《みやび》が宿っている。こうしたことを深く信じるのは、少しも迷信じみたことではありません。むしろ、極めて強い、緊張した思索力によって始めて成り立つことです。本居宣長や保田與重郎のような人は、そういう思索を行なうことのできた人でした。

人は、信仰の暮らしとなるような生産体制のなかに生きる時、みな神になる。地上は天上と同じになる。上古には、この「神國觀」はすでに確立していたと、保田は言っています。上古とは、『古事記』を編纂《へんさん》し、文字に記録しようとした時代のことでしょう。神代の口伝えを書物として遺そうとする志は、孔子も釈迦も老子も咀嚼《そしゃく》し終えた時代の日本人のなかで固められたのだと、保田は言っているわけです。

生民の道が、衣食を先とするのは、古來よりの通則であつて、わが國の傳承では、天上で神々は米をつくられ、天照皇大神《あまてらすおおみかみ》は蠶〔かいこ〕をかつて機《はた》を織り給うた。日本の政治の基本は、米作だつたのである。米作の生活には、かぐはしい道徳があつた。戰後の風俗で、米食を遠去けたのは、アメリカ文化の侵入が一因であるが、正食觀を忘れて、殺生侵略食を進歩と教へたのは、道義判斷の衰退の結果である。古來の米作は、土地を母と觀念し、土地を養ふことを農村共同の主旨としたが、麵麭〔パン〕食となる生產は、土地を荒廢させるものである。近代の生活の構造は、個人生活を贅澤〔ぜいたく〕にするが、心を豊かにはしない。近代の成立には、その根柢に巨大な侵略と多殺の戰爭があつたからである。市場を開拓するものも、市場を維持するものも、すべて兵力であつて、兵は必ず戰ひをよぶものである。廣大永久な平和は觀念によつて成り立つのでない。平和である生活の形式を先に求めなければならない。（「元旦神代偲」）

ところで、これは保田がよく引き合いに出す話ですが、晩年のトルストイは、世界の恒久平和の方途を考えに考えた挙句、それには食生活の根本的改善を行なうしかないという、この上なく単純な結論に至りました。すなわち、一切の「殺生食」をやめる。ただし、栄養の問題を考えると、卵と牛乳だけはどうしても要るだろう、と付け加えている。このトルストイの考察を、保田は愉快で可笑《おか》しくてたまらない、といった風情で何度も紹介しています。

現代では、何もかもの機械化が極端に推し進められた結果、私たちの生活のほとんどは、機械による記号作用で成り立つようになってしまいました。これは人の暮らしが、もはや救いがたく観念的に抽象的になっていることを意味しています。毎日の食べ物ですら、その製造過程は薬品を作るように抽象的です。そこで、身体の回復が大事だ、というようなことも言われるのですが、この「身体」がまた、実体のないもってまわった観念になっていることが多い。

保田の言う「正食観」を離れて、ほんとうは、まともな身体があろうはずはないのです。まして、暮らしの信仰や道徳があろうはずはない。それ自体が平和であるような暮らしが、成り立つはずはない。この単純な思想は、しっかりわかろうとすれば、人生と同じだけの時間を要するものかもしれません。

米は、玄米として食べれば、それ以外の食品をほとんど必要としません。あとは、味噌汁とぬか漬けの野菜くらいがあれば、完全食に近いと言われている。これを食べ続けることによって、人の体質、気質、欲望の在り方は、びっくりするほど変わるに違いありません。そこから、人の命は自然《かむながら》の永久の循環に還っていくことが、ひょっとするとできるかもしれません。そう、できるかもしれない。保田與重郎の思想は、今日も私たちのその希望を、支え続けています。

# 保田與重郎選文集

## 一、歌としてのことば

『改版　日本の橋』（昭和十四年）

そして日本の橋は道の延長であつた。極めて靜かに心細く、道のはてに、水の上を超え、流れの上を渡るのである。たゞ超えるといふことを、それのみを極めて思ひ出多くしようとした。築造よりも外觀よりも、日本人は渡り初めの式を意義ふかく若干世俗的になつた樂しみながら、象徴的に樂しまうとさへした。この渡り初め式は伊勢の神橋のためしもあり、橋供養と共になつかしい我らの民衆的風俗であるが、帝都復興の永代橋の架橋の時は、英國風な打鋲式を模ねて、時の復興局長官が栱頂の最後の鋲を打つてゐる。

日本の橋は材料を以て築かれたものでなく、組み立てられたものであつた。原始の岩橋の歌さへ、きのふまでこゝをとび越えていつた美しい若い女の思ひ出のために、文字の上に殘されたのである。その石には玉藻もつかう、その玉藻は枯れ絶えても又芽をふくものだのに、と歌はれた。日本の文化は囘想の心理のもの淡い思ひ出の陰影の中に、その無限のひろがりを積み重ねて作られた。内容や意味を無くすることは、雲雨の情を語るための歌文の世界の道である。日本の橋は概して名もなく、その上悲しく哀つぽいと私はやはり云はねばならぬ。

渡ること飛ぶこと、その二つの暫時《ざんじ》の瞬間であつた。もののをはりが直ちに飛躍を意味するそんなことだまを信仰した國である、雄大な往還の大表現を日本の文學さへよう書き得なかつた。大戀愛小說の表現の代りに、日本の美心は男と女との相聞《そうもん》の道に微かな歌を構想した。日本の歌はあらゆる意味を捨て去り、雲雨のゆききを語る相聞かりそめの私語に似てゐた。それは私語の無限大への擴大として、つねに一つの哲學としてさへ耐へ得たのである。古い日本人のおもつたこのやうなゆきき、ことばでなされる人との交通を私らはすでに味はうとした。果して完成された言語表現が、完全に語られた散文形態が、人々の交通の用をなめらかにし、そしてかゝる言葉が橋の用をなしたか。ことばはたゞ意志疏通の具でなかつた、言靈《ことだま》を考へた上代日本人は、ことばのもつ祓《はら》ひの思想を知り、歌としてのことばに於て、ことばの創造性を知つてゐた。新しい創造と未來の建設を考へた。それがはしであつた。日本人の古い橋は、ありがたくも自然の延長と思はれる。飛石を利用した橋、蔦葛《つたかずら》の橋、さういふ橋こそ日本人の心と心との相聞を歌を象徵した。かゝる相聞歌は久しい傳統と洗煉と訓練の文化の母胎なくしては成り立ち難い。だから日本の橋の人文的意味は、長い間に亙り、なほ萬葉の石橋にあらはれてゐる限りの哀つぽいものであるのもふさはしい限りである。だが私は今世紀の諸々の營みのために祖國の心情を恥ぢはしない。今世紀の科學的橋梁さへ、つひに同じ科學のために、橋梁の上に草を藉《し》き蔦を置いて僞裝せねばならぬ不安に追ひ込まれてゐるのである。

保田與重郎文庫1『改版　日本の橋』

## 二、英雄の悲劇

『戴冠詩《たいかんし》人《じん》の御《ご》一人者《いちにんしゃ》』（昭和十三年）

日本武尊《やまとたけるのみこと》の悲劇の根本にあるものは、武人の悲劇である。神との同居を失ひ、神を畏《おそ》れんとした日の悲劇である。言あげと言靈《ことだま》の關係をつくる、神を失つてゆく一時期の悲劇として、この説話は古事記中でも重大な意味を言靈したのである。こゝで尊《みこと》は武人であり詩人であつた。日本の現代の文化史家たちは、神典時代の喪失の時期を考へない。彼らは比較と原始を現代の野蠻國の中にさぐること以外に何ごともなさない。人間の代りにモルモツトしか研究しないのである。しかもそれが文化史の上である。又彼らは日本人の旅心に、西南へゆくうれしさと、東北へゆくかなしさの二つあつたことを忘れてゐる。蕪村の心は西南へばかり行く、芭蕉は東北を思つて西南で逝いた。日本武尊は最も早く日本人の旅ごころの一つ東北への道にいたましく倒れてゐる。そして日本の精神文化も千三百年來たいして進歩してゐない。日本の古い文化を南海の諸島の原始野蠻の今と比較してゐることが、そんな文化史が僕には恐ろしい滑稽と見えるのだ。開花した文化と開花せぬ文化との根柢的の差異を知ることこそ文化の歷史學ではないのか。東洋人の旅ごころは、文化の中で詩として英雄としてあらはされる。西洋人の旅ごころは主として英雄として詩として現される。日本人は「歌」を愛し、西歐人は「冒險」を愛した。形の上でも日本武尊《やまとたけるのみこと》の東征は、日本の上代文化經營上の一大問題の最初の實行であつた。たゞ眞の日本の文化經營の意味を考へるものは、文化經營から日本武尊の生涯を考へてはならぬ。有史以來の大旅行者なる尊の事蹟から、日本の文化經營を考へる必要がある。文化史の敎へるところでは日本の東北には土壤がなかつたのである。絕えて開花と貯蓄の根がなかつた。一時に絢爛《けんらん》と開くかもしれない可能性のためにだけ彼ら旅行者は生命を浪費した。しかるに日本武尊は、その東への旅ごころを、最も早いころに歌つた。その片歌は、尊《みこと》の資質だけが日本の文學史上に殘し、たゞ尊一人の描いたユニークな形式であつた。その時代は恐らく西暦の二、三世紀のころであらうと思はれる。その時に尊はまことに日本の民族の血統的な悲劇を詩情したのである。我々は尊を尊敬し、古事記の記述の美事さを尊敬せねばならない。

　僕らはつねに迂回《うかい》してきたからかゝる英雄を知らなかつたのである。最も一般的な意味から云つても、後の詩人はつねに日本武尊といふ存在を詩情せねばならない。その國民的英雄の意味を詩情せねばならない。さらに尊の詩は、あらゆる文學史上の作品に比してすぐれてゐるのである。尊の生涯は、その武人としての動は痛ましい悲劇の光榮を帶びた、詩人と英雄の血統である。最も一般的な文化史家も海彼國の影響關係をのみ云々するまへに、僕らの東洋人の血統を思ふために尊を思はねばならない。さらに一箇の埴輪に詩情し歴史學することはわるくはない美しさであるが、そのさきに一人の日本武尊を詩情することを忘れてゐるならば、このおろかしい道具の歴史學を日本人の若い血統は嗤《〔わら〕》はねばならぬ。むしろ憤らねばならない。

保田與重郎文庫3『戴冠詩人の御一人者』

## 三、『萬葉集』編纂《へんさん》という闘い

『萬葉集の精神――その成立と大伴家持《おおとものやかもち》』（昭和十七年）

しかしさういふ場合に於て、我々は文人としては、家持の思想の中の防人《〔さきもり〕》の歌といふ形でこれを考へたいのである。私はそれが正しい斯の道であると思ふ。しかも防人の歌に、己の悲願の純情といぶきを描きこめた家持のその後の後半生は、彼自身にも悲慘であつた。それを悲痛として人に理解されることは、殆ど容易のことでなかつた。今日に於ても、彼は柔弱の第二流歌人と思はれてゐる程だつた。しかし當時に於て、もし彼がその信念を行はうとすれば、藤原氏に對抗する野望をもたねばならず、たとへそれは持ち得ても、その野望を行ふ政治手段に於ては、對手の惡虐を超えた大惡虐をなさねばならなかつた。彼の時代は門閥政治の陰謀化した時代だつた。門閥時代の政變がどんな形で行はれるかは、天平《てんぴょう》の大獄を見るだけでも十分であらう。それは臣子《しんし》として云ふさへ忌しい手段である。家の歴史を回想した彼には思ふことさへ出來なかつたことだつたのである。しかも外戚家の擅勢既に深く内奥に入り、今や他氏は行動の契機者に接近する機會さへ容易でなかつたのである。彼は天平の中大兄皇子に近づき得なかつたのである。彼の思想は、どんな革新論より斬新であり、保守を了解してゐた。彼は古典と歴史の精神に通じ、しかも人生の野望よりも、神の創造に多く關與《かんよ》してゐた詩人だつたのである。彼が防人《さきもり》の歌の指導に於て表した思想は、藤原氏に勝つ野望の手段でなく、萬葉集に表現して、永遠に邪心にうち勝つ闘ひの神聖思想であつた。われらの民族の神ながらの歴史は、かくて大方は自然の神のまにまに、萬葉集に表現されたのである。彼は目前の歴史のための闘ひを闘ふときの方法の罪障を怖れた、それは臣子の怖れとする最大のものであつた。かつて大化改新の後日石川麻呂が怖れた同じ闘ひ方がその必要とされるからである。天平時代はさういふ時代だつた。諸兄《もろえ》が左大臣の重任に居り、十九年國政の要位にあつた威望を以てしても、なほその失脚に當り、御妹にあたらせられる光明皇太后の懇望によつて辛くも、長屋王《ながやのおおきみ》の轍を脱れたのであつた。その後に起つた橘氏の獄は、かつての石川麻呂の一族の殺戮《さつりく》に比較すべき上代史上の惨事である。さうした時代に於て家持は、それが國を護り、それあれば國を誤ることのない精神を、歴史の精神として、萬葉集の中に描き上げたのであつた。その關心の最底邊の具體のものは防人の歌によつても眺め得る。

保田與重郎文庫12『萬葉集の精神――その成立と大伴家持』

# 四、後鳥羽院《ごとばいん》――「隱遁詩人」の始原

『後鳥羽院』（昭和十四年、改訂新版は昭和十七年）

日本の我等の文藝と精神との歴史を考へる者は、一度この院を通らねばならないといふことを、私は以前から考へてゐた。如何に院の偉業が燦然《さんぜん》として日本文藝の歴史に一つの決定點を與《あた》へたか、如何に光榮の後途を照らしたか、しかもその院の變革の成果はつひにどのやうな變貌をしたか、といふことは、私が歴史と文藝とを考へるにつけていよ〳〵明らかに知る思ひであつた。

しかし後鳥羽院の文藝史上に於ける輝くばかりの事業の偉大さと、その位置の壯大さを最初に教へた詩人は私に限つては、今の世の人でなくして元祿の芭蕉である。芭蕉が俳諧の正調を樹立し、己が變革の偉業を形成する日に、その祈念を表現するために、後鳥羽院を以て語つたことは、しかし私も古くから知つてゐたのではない。芭蕉その人の數々の著作は私の年少の日からの師父のやうな伴侶のやうな愛讀書であつたが、芭蕉の全著作を一度に通讀したことは、昭和の五年か六年頃と、次はこの間昭和十年である。後鳥羽院の意義を芭蕉によつて教へられたのはその二度めのときであつた。私はわが、二千年に垂《なんな》んとする、國民的であり同時に民族的である意味で現在世界に唯一の文藝傳統の屈折のあるまゝな一すぢの流れに、大きい一つの時代の點を與へた詩神を、すでにこの院に發見したのである。

その院の文藝上の變革的なまた決定的な宏業は恐らく近世の偉大な人々、眞淵《まぶち》にも、芭蕉にも、そして蕪村にも劣るものではなく、思へば彼ら以上な潑剌絢爛の色さへ、私の今の眼のまへに浮ぶ。しかもその後鳥羽院を私に教へたのは元祿の芭蕉である。院の水無瀬《みなせ》の歌は國歌を知つた頃よりの私の愛誦歌の一つであつた。そして私は最も秀れた近世の詩人によつて、この院の文藝史上に於ける地位の尊さを教へられたことに感動するのである。芭蕉の語つたものもこの上なく淡い限りの表現であつた、けふの我らの見なれるやうなあらはに煽情《せんじょう》する表現で描かれてゐるのではない。燃ゆると見えぬばかりに、王朝の最後の詩人の前後にたぐひもない大事業は匂はされてゐるのみである。封建の世の倫理觀がこの院を顯揚《けんよう》し得ないのは當然であつた。わが藝文には武家の隆替とかゝはりない一つの流れが連綿としてあつたのである。年少の私にさういふ國風の表現のわかり難く思はれた所以である。

保田與重郎文庫4『後鳥羽院（増補新版）』

# 五、芭蕉の悲願

『芭蕉』（昭和十八年）

十七字形を深く支へたものは、心をひとしくした詩人が、あはれとなげきを共にする仲間をなし得たといふ點にある。このあはれとなげきを共にするといふことは、近代文藝學流のいさゝかも關與《かんよ》して說き明しうるところでなく、ひたすら國ぶりの美を奉じ、國ぶりの美の運命をなげく、歷史の感覺に源するものに他ならなかつた。

我々が芭蕉をよんでうける深い感銘は、彼が舊來《きゆうらい》の面目を一新した俳諧の中に、何百年の詩人のなげきとあはれの、代々の心もちの累積のあとをみることである。それこそ國ぶりの美を守らうとした、詩人の悲願のあらはれであつた。こゝには何一つとして、抽象的に云ふべきものは見ない。みながみな、絶對で具體的な、歷史の感覺に結ばれてゐるのである。

しかもその護り傳へようとしたものは、やさしくおほらかであつたやうに、その悲願はすべて悲しみの中にゆたかさをもつてゐた。わが悲しみが、これほどゆたかだといふ國ぶりの印象と感覺とは、萬代に傳る國の自信の現れであり、この自信の一つのあらはれが、芭蕉の嚴肅な悲願をこめた志の文學の最後に到つて、さかんに口にした所謂「輕み」と云ふものの根柢となる思想であらう。

保田與重郎文庫11『芭蕉』

## 六、神を見る文学

『校註 祝詞《のりと》』（昭和十九年）

さらに觀點をかへて、わが文學が祭りの文學であり、祝詞に通じたものを根柢としてゐるといふことは、描く心と描く對象の上にも現れるのである。近代の市民社會以後の文學は、市民社會的個人生活の日常をうつしたものであるが、これに對しわが古來の文學は、個人を寫《〔うつ〕》す場合にも、個人に現れた靈異を描いてきた。この靈異の考へ方に神のものがあるのである。つまり近代文學は、市民的なものの考へ方や物欲や享樂から、史上の大人物を己の小俗情にひき下して扱ふのであるが、わが文學は凡人を描く場合にも、その人の一期の大切に現れた道徳を描き、さらにすゝんでは靈異をうつすのである。卽ち戰場の異常な體驗《たいけん》を寫すやうな場合、近代文學者的な報道者ならば、その異常奇異の殊勳者の還境條件人物行爲を克明にしらべ、神わざの如き行動の背景をあくまで求めた上で、最後に於てはその人の體驗の談をきいて初めて報道完成の安心に達する。わが國ぶりの文學者も亦、還境條件人物行爲などの背景から體驗談迄をあくまで深く探究するが、なほそこを以て最後の安心とせぬ。眞にこゝでわれらの文人の描かうとすることは、その後の肉眼に見えぬ世界にあるのである。卽ちこゝに於て、神を見る文學、神を拜する文學、神を描く文學、つまり神に仕へ奉る文學といふものが、今の日常にも無數にあり、いたるところで描かれるものなることを知り得るのである。さらに我々の行爲を律する上でも、このみちがあるといふことを知るべきであらう。しかしこの場合には、個人の方法はあつても、一般的な思想の方法論となるものはないのである。このことは、近代の思想や文學に謬《あやま》られたものには、なか〳〵に氣づき難いところであるが、むしろ進んで云へば、近代の思想と文學の限界を見極めなかつたものに理解されぬことである。恐らく日本人ならば、近代の文學思想の限界を探究すれば、必ず道おのづから國ぶりに拓けると思ふ。

保田與重郎文庫27『校註 祝詞』

# 七、米作りの生活

『鳥見《とみ》のひかり』（昭和十九年〜二十年、雑誌『公論』）

この米作りの生活は祈年祭《としごひのまつり》に始り新嘗《〔にいなめ〕》をもつて終る。しかもこの祭りは又次の年の始りである。年《とし》といふのは稲のことであつて、米作りは早春より初めて秋冬に終り、これを一年とよぶ。しかもこの米作りは天孫降臨《〔てんそんこうりん〕》の神敕《〔しんちよく〕》「以二吾高天原所御《キコシメス》齋庭《〔ゆにわの〕》之穂《イナホ》一亦當二御於吾兒《コトヨサシマツルベシ》一」とて、所謂齋庭之穂の神敕として、皇御孫尊《〔すめみまのみこと〕》のうけ給うた事依《〔ことよ〕》さしに、大御寶《おおみたから》が仕へ奉るのである。かくてこの生活は、神の事依《〔ことよ〕》さし給ひしまに〳〵仕へ奉る、神、皇、民がこの世の生業で一系の循環につながる生活であり、故にこの事依さしに仕へる者に於て、人力と神助が二元論に分れるわけはない。この神皇民を一貫する事依さしの理は、稲の生長、食用の關係に於て、天地人を一環する理に劣らずに尊いのである。生長、食用の循環に立つ合理主義發想が、祭天思想の根本にはあることを知らねばならぬが、しかしこの形の循環の思想も、觀念的な天を云はない時は、めでたい考へ方となり仁心道徳の根柢を教へる。人力と神助の二つが一體となつてゐる生活を正直な生活と稱へるのは、それが神と人が一つに結ばれてゐる境を以て生活原理とするからである。そこで俗諺《〔ぞくげん〕》にも、正直の頭には神が宿つてゐるといふのである。事依さしに正直に仕へ奉つてゐるものは、つねに神を戴いて神と一つになつてすゝむといふ意味である。

かくて米作りの生活が正直な生活であるといふことは天然自然に對しても云ひ得べく、勞力の成果が正しく卽座に證明される事もその一つである。かうして祈年祭と新嘗祭によつて劃《かく》される一年は、祖々の無窮《むきゆう》より、子孫の無窮にくりかへされ、こゝに生產完了の祭りに於て、萬代不朽の實感がつぶさに備り、同時に事依さしに仕へ奉る生活の萬代無窮が實感されるのである。この間根柢に於て、納得せねばならぬといふものはないのである。榮枯盛衰　有爲《うい》轉變《てんぺん》の世相に身を棹さしてゐる投機的生活者にあつては、或ひは英雄一朝にして沒落する生活に於ては、無窮の觀念は、例へば秦始皇の願望祈念の如くにか、或ひは權力的な制度機構による維持としてしか考へ得ない。觀念として萬代無窮感を人工とするのは、天や絶對を象《かたど》る國際宗教の性格である。

こゝに米作りは、神國不滅の信仰を生活の實感として保存してゐる。しかも生活卽祭り、產業卽神敕奉行といふ大事實に於て、國本のこゝにあること明白である。農を國本となすことを、單に今日云ふ如き、食糧問題のみから考へてはならぬ。そこで所謂熱量とか增產の見地から、米の主食を他の芋の如きものに換へよと云ふ人もあるが、かゝることは殊さら云はずとも、實行あり得ることでない。しかしさういふ議論が輕率になされる根柢は、米作りの國本たる理を解さないゆゑであらう。米が最も美味にして、またメでたい食物であることは申すまでもないことで、これは今も古《いにしえ》も變りないことである。米食改變の議論は、明治開化論の一つとしてもあつたもので、今日の危局に於てまた若干稱へられてゐる。このことは絶對に實行不可能のことであるから、とりたてて云ふ必要はないが、かういふ議論の根柢をなす思想と發想は、他の面でどのやうに現れるかについて、深く警戒すべきものであり、問題はこの方にある。近世の國學者は、祈年 新嘗《にいなめ》を皇國祭祀の根本として重んじ、彼らの國體の議論の根柢には、米の美味と、米への感謝が一つの主節としてあつたが、これは今日の言論に殆ど見ぬところである。

保田與重郎文庫14『鳥見のひかり／天杖記《てんじょうき》』

## 八、神の生活

『日本に祈る』（昭和二十五年）

わが原有の勤勞觀は、封建時代の勤勞觀でもなく、資本主義や社會主義の論理でもない、それは別箇の道の上に立つて、別箇の秩序の基となるものである。物はみな汗の賜物といふ考へ方は、生産（むすび）に基く勤勞觀からは出ない。それは社會主義的道德の基礎である。この人工一方の考へ方は、工場生産にはあたるかもしれぬが、農の生産生活では、現實的に妥當せぬのである。

自主自由といふ點では、農は他の何に比べても首尾一貫して、生産に對し今日の狀態で自主自由であるが、それが、ヒユマニテイ萬能の思想を育生しないのである。こゝでは生産と勤勞とは結合して進行し、あへてどちらかといへば、むすびが主である。勤勞が導かれるのである。かういふ云ひ方に對しては、それは農といふ生産生活のしくみが、原始的だといふ意味にすぎないと、批評されるかもしれぬ、が原始的であるか否かは別とし、そのしくみによつて、我々の生命は今も養はれてゐるのである。この事實に對し我々は良心的でなければならない。

神助といふ言葉にしても、それは天惠といふ一方的なものでない。或ひはこれを神の約束と云ひかへてもよい、俗に神を助けることと云うても、多少あたるものを含んでゐる。日本のことばではこのことを「ことよさし」と呼ぶのである。勤勞といふのは、このことよさしであり、又ことよさしに仕へる意味をふくむ。むすびとことよさしがわが思想では最も重要點で、こゝをおいて國體も皇道もないのである。これは俗に云へば神を助けるといふ考へ方だが、その事實が普通の神の選民思想として考へられてゐないことも、大切なことの一つである。

つまり道は觀念になく、神の生活にあるとの思想である。米作りの本質部分は、その神の生活を人にことよさされしものである故に、この生活の中に道の本質はあるのである。この考へ方から出る勤勞觀は佛教にも基督教《キリストきよう》にもない、これらの國際宗教の觀念の上で思ひ及ばなかつたところである。孔子にはなく、老子に於ては、やゝ近いが、肝要がくづれてゐるのである。そのくづれた點を宣長《のりなが》が發見したのである。この道の思想の成文としては、延喜式祝詞のみの傳へるところである。

生產（むすび）といふ神の業を人にことよさし給ひ、それによつて人が神の業に合作する。これが勤勞の意味にて、道の正しい時に於ては人も神も同じである。神代の神とは、正しい神の道の行はれた時代の人といふことであると宣長は斷じてゐる。生產の生活の道を旨として即るとき、容易に考へ得る道である。

保田與重郎文庫15『日本に祈る』

## 九、道は生活である

『絕對平和論』（昭和二十五年）

**問**　日本人は神の生活の基本型をもつてゐるのですか。

**答**　今日日本人の選ぶべき道は現實の判斷として三つあります。一つはアメリカの陣營に屬するゆき方、二つはソ聯に屬するゆき方、この二つは情勢論です。近代の道です。三つめは、大方に云うて憲法第九條を守るといふゆき方、ところがこれを守るには、たゞ近代の觀念では守れません。その理想の生れる生活に考へ及ばねばなりません。この三つを否定した時の第四番めのみちがさきに云うた精神のみちで、これだけが日本人の生きてゆく道です。さうしてその生活が、わが民族神話の傳へる、神々の生活の基本型に卽するのです。わが神話は生活を律する主宰神の教へをいふのではなく、神々の生活の原型を示してゐるのです。神々の生活の基本型を傳へるのがわが神話です。そしてその生活がなほ大凡に現在してゐるのです。

わが神話は、人間生活の教へを說いて君臨する神を描く代りに、神々の生活の原型を傳へてゐるのです。その原型の生產生活に人間が生きる時は、必ず神々の道に則り、基本の倫理に生きるといふことを示してゐるのです。これはいづこの國際宗教にも見ぬことです。日本の神話の傳へでは、人間の勤勞に於て、神々と人は一體となり、生產が完成されるとしてゐます。觀念的な道の教へよりも、その生活を先とするのが、わが國の傳へです。觀念上の道德戒律を教へる代りに、正しい生產生活のあり方を教へてゐるのです。それを神々の生活の基本型と呼んだわけです。

**問** その神々の生活の原型といふものが、卽ち道と云はれるものですか。

**答**　さうです。「道」は観念やことばでなく、生活そのものが道なのです。この考へ方は、元祿以降の國學者が拓いた復古學問の成果ですが、わが道はこゝにあつたから、ことばで説かれなかつたと彼らの説いたことは、この生活といふものを念頭にせねば、理解できないのです。この道、神の道とよんだのです。末期に出た二宮尊德《にのみやそんとく》なども、道はことさら説く必要はない、その（神より傳はるまゝの）生活をそのまゝに生活するものは、「學ばずとても道や知るらん」と申してゐます。尊德の云ふ生活とは米を植ゑてつくる生活のことです。人の働き――定つたものに従ふ働きのことです。人のおきてに従ふのでなく神のおきてに従ふのです。

**問**　その神々の生活の基本型は今日の何に傳つてゐますか。

**答**　その最も簡明で、然も根本になつてゐるものを申しませう。それは米作りです。「米作り」は神の「事よさし」と考へられてゐるのです。米を作つて身を養ふことも、米を作るつくり方も、たゞ天地自然の道のものではなく、さらに人工の道のみのものでもありません。たとへば經驗によつて、米をとるか麥をとるかといふことから世界がわかれたわけではないのです。

今日の世界文化は餅文化と麵麭文化に大きく分けることが出來ます。さらに別の分類をした時の牧畜と水田耕作とでは、道德の根本がちがつてきます。

世界の道徳と制度の大略をみると、牧畜民の生活より出たもの、農耕民のそれ、商業民のそれ、大量生産の勞務者より生れたものが四つの大きい型です。これと異る分類はいくらもありますが、パンか餅かといふのは、重大な分類です。これはアジアと近代といふ區分に通じてゐるからです。

ともかく「米作り」は水田のものです。水のもつ性格が絶對的に影響します。水田農では牧畜の場合の如く縄張り觀念や、その支配觀は出ません。水田農は勞務の關係に於ても極めて平和的です。そこには侵略や支配の觀念は成立しないのです。個人の水田耕作にはつゝましい限度があるからです。米作りは水に從ひ、天候に從ひ、さうして個人のつゝましい力の限度に從つてきたわけです。その米の種の起原はわかりません、天から降つてきたと信じてゐました。（今日でも誰も種の起原は知りません）

つまり米は天つ神から事よさゝれたと考へるわけです。さうした米は、天地自然の道のまゝにおくと收穫出來ません。雜草を拔き稻を育てねばなりません。かういふ方法の起原は、やはり天造と考へるより他ないのです。この天造はさきの天地自然の道とはちがふのです。天地自然のみちは、稻も雜草もともに育みます。しかし稻を育て雜草をとるみちは、決して人工と經驗のみによつて知つたみちでないのです。第一稻の種は天造だつたのです。米を食ふことも、神の教へでせう。比較した時に米が美味でその酒がうまいといふことは、經驗の結果かもしれませんが、その經驗の根據となる絶對はなほわかりません。

保田與重郎文庫28『絶對平和論／明治維新とアジアの革命』

## 十、勤勉と自主独立

『述史新論』（昭和三十五年～三十六年執筆）

　祭りは酒を主とし、神と共に饗し、幾日でもあき足りるまでこれをのむことは、上古以來最近にまでつゞいた習俗である。ゆゑに農家が自作の米を以て、自ら酒をかむことは、わが祭祀執行上の條件にて、これなくしてわが古道の祭祀はなり立たないわけである。わが國の農學の開祖にして、水戸《みと》光圀《みつくに》がそれを天下第一の書と讃へた「農業全書」の著者宮崎安貞《やすさだ》の農政の基本にあげてゐる項目は、農家は酒煙草を自ら作ること、といふ一條である。農家の自立經濟のためにはこれが絶對必要にて、農家が清酒を購ふことは、殆どその生業の破滅を意味した。しからずとも不滿不足から怠惰に陷る。しかし明治新政府は、農家の造酒を禁じ、これが農家の經濟の窮迫と、祭祀本分を不明瞭化するといふ二つの結果を招くのである。これが近代化であり所謂文明開化である。上古酒を尊んだのは、それが美味にして、强烈不可思議な作用をなす。さらにそれは榮養と藥物性を併有するといふ單純明白な理由からである。

宮崎安貞の思想は、あくまで自給自足の規模をつみ重ねたものだが、封建末期の思想界に入ると、二宮尊德の炭を焼けば魚が山に上つてくるといふ形の經營農業の考へ方が濃厚となる。しかしその思想の根柢に於て、生産生活に於ける獨立自主の態度はいさゝかもくづしてゐない、故に尊德の新しい「近代的」な考へ方は、みな勤勉努力の範圍としたのである。自力で米を作り、木を伐つて家を作り、糸を紡いで衣を織る、この實行の能力とその自信とが、獨立自主の最低の根據であるが、これを自ら行つてゐることは、正しい道德の生活を意味した。だから今日でも印度人のある種の還境では、糸を紡ぐことは宗教的な一つの状態と感じられてゐるのである。ガンヂーの道德に於て、手びきの糸紡車は、その象徴だつた。元祿の女流俳人園女《そのめ》の句に「衣更《ころもがえ》自ら織らぬ罪深さ」との咏は、さすがに美事な道にかなふ人生態度にて、芭蕉がこの女性を、女流第一と評し、「白菊の目に立てゝみる塵《ちり》もなし」と讃へたふさはしさを思ふのである。すでに元祿の事情として、園女の心境を以て間然するところなしとは云はぬが、それに近いものと考へたい。それは今日に妥當する考へ方である。人間が、自主獨立を好み、さういふ能力の發揮の勞をいとはぬことは今日でも變りない。たゞそれをなし得るか否かは、教育と勇氣の有無である。日曜大工や日曜農家は多くの人々が本質的に好むところに立脚した流行である。

かつて生産生活が祭りそのものであり、生産の勤労は、神の事よさしの實現で、勞働と神助は一如であつた。この時には勞働と娯樂が分離してゐなかつたのである。古風な農具、農行事には勞働が所謂「お祭り」だといふ感が今も殘り、古い織機はつねに絶妙の音樂を奏でた。「手玉もゆらに機織る未通女《ヲトメ》」は、さながら妙な音樂を奏でてゐたと思はれる。製鐵のタタラ踏みの機構は、一種の音響を伴つた藝能だつたし、手仕事の工房は、娯樂のない土地だから魅力があつたのでなく、その勞働とそのしくみ自體に見せもの以上の魅力と美があつたのである。だからその生活は人倫道徳の母胎となつた。國民は神の生活をこの地上になすことを事よさされ「その生活の正しさによつて神の生活と同一の状態に置かるといふ素朴明解な思想は、わが國人の多數に今も共通して存在してゐる。

保田與重郎文庫32『述史新論』

## 十一、永遠の思想

『現代畸《き》人傳《じんでん》』（昭和三十九年）

自分の食ふ食物は、自身で土地から作り出し、自力で建てることの出來る家に住む百姓は、所謂非常に對する心構への追究を必要としない。自分の食糧を自らの手で生産し、自分の力で柱をたてて家をつくり雨を防ぐ、かういふ二つの實力をもつといふことが、この世に於て獨立の本質であり、條件であり、最低絶對の基盤である。しかもこの生活は、永遠の信の根柢となり、平和の永久的土臺である。

落すも拾ふも世のならひといふやうな曖昧なことばは、百姓のことばでない。近ごろ流行の禪家まがひの生悟りの俗語で、儒家のことばでもない。百姓の生活から出た教訓でも眞理でもない。しかし田作りをする者が、田地に混つた金を、瓦礫も同じと排除することは、生活の本質にかなつてゐる。農本經濟の基本にかなひ、さらには教訓ともなる、なほまた基本の眞理である。小にしては一戸の農家の存續を決する基本である。王道樂土を拓くか、植民地を拓くか、それを決する原理である。關東軍に守られた滿洲の大平原で、このたたかひは深刻だつた。大東亞戰爭は、内に於て東洋と西洋がたたかつたのである。混亂の源は久しく、未だ止る時を知らない。

夢窓國師《むそうこくし》が、尊氏《たかうじ》を讚め、この將軍は金と土を區別しなかつたと云つてゐる如きは、何か本質的な誤解から、道德と修身を謬《あやま》つたのである。農の自然本質は政治と無關係だと威張つた老莊者の方は、はるかに本質的だが、それを云はなければなほよかつたのである。さう云つて了《しま》つたために、宣長先生のきびしい批判をうけ、しかしそれあつて宣長先生の眞の古道の考へが古典思想としてたてられたわけである。金も瓦礫も、田わざの上では農作の邪魔物として、一緒くたに田地の外へ放り出しうる日がくるか、道におとしたものが誰にも拾はれずに、ひきかへせば必ずもとのままにあるだらうか、この二つの話は問題とすれば本質的にちがふ點はあるが、人間の善意と良心によつて、世界に平和を立てられるかどうかといふ信の問題の起點である。東洋の修身は、理想主義をたてまへとして、かういふ難しさに眞向から立ちむかつた。至誠通ぜざる無しのををしい態度である。それは最高の英雄の唯一の態度である。英雄の態度は、人道の希望であるが、史上必ず敗れる態度である。ただそのいのちは未だつひに失はれない、そこに人道の希望の無窮《むきゆう》不滅さが感じられる。

わが少年時代に知り合ひの百姓たちは、今では大方が故人となつた。大方の彼らは、金を見るに瓦礫にひとしい自然の態度で、「よしなきことにたづさはりてわが田わざをな捨てそ」といつた信念を體につけて、その農業に従つてゐたのである。その人や奇といふべし、といふのではない。それがもつともあたりまへだつた。金は飢ゑて食ひ得ぬといふたてまへの、農本生活とその思想を他にしては、永遠の平和の根基となる思想はあり得ないのである。尊徳先生の考へ方が、よしんば前近代的なものであつても、この考へ方を逸脱し近代化した時、永遠の思想は存在しなくなるのである。

保田與重郎文庫16『現代畸人傳』

## 十二、文明の層の深さ

『大和長谷寺《はせ》』（昭和四十年）

千體佛《せんたいぶつ》（法華説相圖）は、作品としても優秀なものであつた。その鑄金像の一つ一つはよく見れば面白い。この作品は、經文をとく繪圖《えず》といふことになつてゐるが、作品の一つ一つの造型が入り交り、一つの小説や文學をよむこともできた。銘文は理解できる限りでは、空しい美辭となりさうだが、それ以上の意味も、想像のうへでは考へられてゐたらしい。字の一つ一つ、句々はみな面白く感嘆に耐へないものも少くない。しかしかういふ作品の興味と優秀さを了解し、製作の技術まで考へ、そのうへで一つの藝術として味ふといふことは、古美術觀賞の近ごろの風である「古寺巡禮」式に、おのれの美文を作るために、感傷的に佛像を見るのとはちがつて、よほどふかい代々の文明と信仰生活の層をつけて生れた者でなければできがたい。しかもこゝで簡單にいへることは、普通の意味で何でもない民衆が、丁重にかういふ形で感嘆してゐるといふことである。

このことは日本の精神生活の現状において、すなほであたりまへの庶民の間に、文明の層の深さがあり、自身でインテリなどと稱し來つた、舊來《きゆうらい》の自稱文化人などが、文化の層の驚くべき淺さにゐるといふことである。かういふ場合、日本の現文化相を批判することばの一つである、無國籍のものといふ概念は、的確にこゝでも使用できる。ただ初めからかういふ概念をつかつてことを終了するのは、怠けてゐるといはれてもしかたない。またそれは私の好まないところだ。私はかういふ點で、三十年前には、その「インテリ」層の文化の濃度の淡さになげき、その淺さを批判非難する代りに、淺さの原因となつてゐるものを批判し、それとたゝかはねばならぬと思ひ立つた。そのころ例の和辻博士の「古寺巡禮」の觀賞法を次々に批判したのも、その一つの營みだつたが、早くさういふことの徒勞を知り、今もこれについてあきらめに近いものを感じてゐる。

古代の作品に對しては、つくつた人がなした努力を尊び、またその念願のほどを思ひ、自分自身は倍の努力を注がねば、少しの理解すら得られぬといふことを、つゝましくさとらねばならぬ。いふならば、人生における修業の謙虚さと、態度の眞劍さのつみ重ねが、この自身の努力に他ならない。すべての學問も信仰もこの心がなくてはなりたゝない。輕々しい氣分的感傷的觀賞による、美術趣味や古寺巡禮が流行し、浮華々々した美術寫眞書の流行してゐる現象に、私は文明の空白化をまざまざと見るのである。今日の世界の人文と人道の危機は、過去の人類文明に對する質素な努力と、謙虚な反省の缺如に原因してゐる。彼らは至誠を思はず、狡智を重視するのである。國の危機と等しい歩調で、世界の人道の現狀も、おしなべて同じ危機の狀態である。道德の國の存在なく、道德の人は俗世に生息し得ない。わが國のみの末世ではないやうに見える。

保田與重郎文庫17『長谷寺／山ノ邊《やまのべ》の道／京あない／奈良てびき』

## 十三、ものにゆく道

『日本浪曼派《にほんろうまんは》の時代』（昭和四十四年）

私は萬葉集を古義《こぎ》に學んだやうに、古事記は宣長翁の「古事記傳」によつたのである。しかしこの方は古義に對するほどに精讀するに到り得なかつたのは、みな私の學力の未熟のゆゑである。この未熟を知る時に、正しく宣長翁といふ人は神の如くに思はれた。日本書紀や續日本紀については、註釋について殆ど學ばなかつたのは、これらが漢文の書だつたからである。これが理にかなふかどうかは知らず、私はさう思つた。そして祝詞については、鈴木　重胤《しげたね》翁の「祝詞講義」を精讀した。これは戰後も改めて一氣に精讀した。この精讀によつて、私の教へられたことは、全く言葉ではいへないほど深く大きく廣い。

私の文學觀では、本居《もとおり》宣長翁に學ぶところ最も多かつた。しかしそれを宣長翁の影響をうけたとか、本居學派を研究したなどといふことは、今でも不遜と思ふ。私の若い時代のわが國の文學界では、宣長翁によつて文學觀を學ぶといふ如きは申すまでもなく、その思想を眞に尊敬するといふ人が殆どなかつた。今日では必ずしもさうでない。この時代の變化は、もう一歩今日よりさきで考へると、今日文明といふものが少しづゝわかつてきたことを意味してゐる。私はかうした見地では戰後に悲觀しない。これを別の思想史的な表現でいへば、思想としての「近代」といふものに對し、その文化と制度のすべてについて批判的となり、そのゆきづまりと打破を暗々に思はねばならぬ狀態に人心がなりつゝあるといふことの微妙のあらはれである。この近代終焉の思想は、今や東西を通じて戰前以上に深刻に、人道の課題として現れてきてゐる。心ある人の心の深い底にあらはれてきたのだ。さういふ時、宣長翁の知つてをられた古神道や平安文明觀が、その人の心に浮んでくるのはおのづからなる當然である。日本人であるからこれは當然なのである。我々はわからないまゝでも、當然といふところへ入つてゆくのである。これは日本人があたりまへな狀態にゐる時の心の動きで、あたりまへを正しく心すなほに見た時の發明である。日本にはものの道理を論ずる道の學はなかつた。あるひは不用だ、それはおのづからに道があるからだ、これが、宣長翁の述べられた、ものにゆく道といふ意味だらうと私は解する。わからぬまゝに當然のところへゆくことを、その史實を、私は思つたわけである。このいはゞ智慧の無の状態は、西洋風の觀念論の發想では理解されない。その說明は的に中《あた》らないのである。

保田與重郎文庫19『日本浪曼派の時代』

# 十四、天降《あも》りの意味

『日本の美術史』（昭和四十三年）

山を麓近くまで下つてきた太古の人々が、家をつくり村をなしたのが、文明の開始だつたといはれる。わが國では、文明は米作りが原因だつた。わが國の神話は、この時に晴々しく語られた。瑞穂の國、この國は米をつくる國だと建國の宣言は神々の敕語としてのべられた。この上なく明るいくらしが、道德そのものである世の中のしくみが語られた。さらに忘れられた神話や、失はれたと推定される神話をも併せて、わが神々のつとめは、すべて水と米にあつた。そして多神教といはれる日本の神々の道は、ギリシヤ神話と全く異なつてゐるのである。日本の神々は、みなただ一つの仕事をされた。それは世に道をしき、くらしの根本を教へ、その米作りといふくらしによつて、道徳を定め、人道に永遠の希望を與へた。天壤無窮《てんじょうむきゅう》といひ、萬世一系《ばんせいいっけい》といふ、わが國の天子さまの負うてをられる重大な意味は、この米作りのくらしの永遠性を示すのである。皇孫《スメミマ》は天上から地上に降つてこられる時、稲の種を天上の神からことよさせられ、この種子をもとにして地上でくらしを立てるなら、地上にも天上のままの神國の風儀《テブリ》が實現すると教へられた。そこで國民はこの國を「神國」とせんと誓つた。日本の天皇の御卽位式は、この天降《アモ》りの高御座《タカミクラ》に坐し、大嘗祭に米を作り奉つて、神々にかへりごとされる。この儀式は日本建國の精神の表象として代々にくりかへされることであつて、一面では國の道徳の根基の生活を示されるものでもある。

　東洋の文明の根柢をなす生活は、米を作ることにて、これが東洋の文明の地盤である。人は麵麭《パン》のみで生きられない、麵麭による食生活には、牧畜の殺生と、牧場として廣大な土地占有が附隨する。しかし米の生活に於て、その附帶のものは排除し得た。このことを、思想のうへから見た時、また道徳のうへから見た時、重大な意味があつた。その事實が、わが國の造形と美の意識の根柢となるのである。この根柢を明確にとらへることなくしては、近代美術觀亞流の美術史はなり立つても、舊來《きゅうらい》東洋の美術史を擴大純化する日本の美術史は成り立たないであらう。

大和の國原《クンナカ》の東の山の上に、わが日本國を形成された先祖の人々が住みついてゐたころ、この山上でも農耕は始つてゐた。今もこの山上高原一帯は農耕地が多く、みな美田である。しかし多くの山ノ邊《やまのべ》ノ道の遊覧散策者は、この山上の世界の、のどかで、ゆたかな外観をまだ知らない。暖かさうな小盆地が、いたるところにある、その一つ一つはさながら小さい王國のやうに見える。そこには多くの太古の傳承物と遺物と歴史時代の遺品の殘ることも、大方の人は知らない。

山を降つて、家をつくり、村をなした。太古の文明の曙は、人と神々とが交通する神籬《ヒモロギ》の建立にある。神籬は無數に殘つてゐる。その一つの代表を、大和の大神《ミワ》神社の山上の神籬に見るのは、三輪の大神神社が國の始めより今に傳る信仰の盛大さから見ても當然だし、形態また一つの典型で、環境の神祕的な幽邃《ゆうすい》さにも申し分ないものがある。

保田與重郎文庫18『日本の美術史』

## 十五、道徳的判断としての鎖国

『日本の文學史』（昭和四十七年）

鎖國の決定に當つては、政治情勢論を表面としたが、それはサビエル派宣教師達の侵略野心についての史實による正當な判斷であつて、現實政治上の鎖國決定を導いたものは、むしろ倫理的批判に近いものが基調をなした。海外市場爭奪の戰爭を避け、せめて國内だけの泰平の平和郷をつくらうといふ考へ方だつた。これは徹底した道德的判斷である。從つてこの判斷は、繁榮をいさぎよく放下し、決して妬視せぬといふ品性の修養を前提とした。江戸時代を通じての童蒙敎育の基幹はここに基本法をおき、同時代の批評に於て、文學の本筋の高邁のものは、これを趣旨とするものとされてゐる。省庵《しようあん》の貧困も、芭蕉の閑寂も、雅澄《まさずみ》の貧窮も、この大本の流儀の實踐である。その貧窮を疑はなかつたのは、道德があつたからである。三百年鎖國下の大なる文明は、この道德の造形といふ、さまざまの開花にあつた。

鎖國によつて我國は領土市場の擴大や、機械兵器の生產といふ近代工業の上では進歩遲々として立ちおくれ、それは後退として、殆ど停止したが、眼を轉じて精神の文明を見れば、儒學といふ一分野の系譜を見ても、古今東西に誇るべき淸らかな精神の大なる產物を、人間といふ全體のものの上で造形してゐたのである。

當時封建下の人心に於ける鎖國の意味附けに關しては、露國提督ゴロウヰンが函館奉行所役人の取調べを受けた間の記錄に詳記されてゐる。彼は、邊地の奉行所役人のもつてゐる國際情勢觀と、またその近代批判が、深奥な道德的見識に立脚することを知つて、感動し、返すことばを知らなかつたとしるした。この記錄をよんだトルストイは感銘してこれを子供の本にかきかへた。この感動がやがてトルストイの平和論やガンヂー觀に及んでゆくのである。近世の鎖國政策は、單に一、二專制政權の延命のための徹底的中立政策として、三百年近くも持續したのでなく、そこには良心の持主としては、何人も、これに抗辯し難いところの、道義上の充足觀があつたのである。しかしこの根本の道德は、幕府成立の根柢を打破るものであつた。これは矛盾といふべきものである。

近代の制度とその必然的な進行形の成果を、人道の惡とする近代批判の本質論が、鎖國に甘んじる態度と、その決意との根柢にあつた。その決意は道德に他ならないのである。そしてこの態度の史實的根柢は自然《カムナガラ》である。從つてこの態度は道德の原因子となるわけであつた。しかし我々の祖先の傳へた文學に於ては、またその文學觀に於ては、かうした理論的解明は必要でなかつた。その理論化は死んだものであり、それに反して文學は生きてゐるものである。その生の世界が造形として示されたのが文學である。すでに早くからあつた、精神の上での二つの日本のこの分立は、南北朝以來の分立と、ある部位では重なりあつて、歷史として別々につづいた。それは理念と物質の對立とも考へられ、別のことばでいへば、精神と繁榮の對立でもあつた。その兩立せぬ所以を知り、そのいづれの一つを棄てるかの決斷に於て、先人は繁榮をすて、精神をとつた。元祿といふ時代にわたつてひらかれた精神の榮花は、すてた繁榮と次元のことなるものなることが、實現されて實證されたのである。世俗近世を通じて云はれた「儒者貧乏」の語は、日本の久しい諺となつた。この諺の意味するところは、世俗の繁榮よりも精神の文明を尊しとし、窮極に於ては、近代の制度組織やその慾望を道義的に批判し、「近代」をその基底に於て否定する立場となる。朱子學を棄て陽明學に入り、あるひは古學を唱へて孔子に還るといつた、學派の分立の根柢には、すでに早く近代の根柢批判に通じる判斷があつた。それは「近代」の未だ開かれぬ時代ゆゑ、近代のことばで批判するといふことは、當然誰も思ひ及ぶわけがない。

　近ごろは情報過剩の時代といはれ、過剩の原因はことばの紊《みだ》れにもとづくところが多い。しかし情報の過剩に心勞し、その重荷に身心困憊することは、あながち今に始つた現象ではないのである。いはゆる亂世とは、言葉が紊れ、情報過剩といふ時代である。さういふ亂世相を脱出するために考へられる人間の智惠には、いつの時代にも一樣に共通のものがあり、まづ文明の原初に歸らう、祖師その人に復古しようといふ思想である。これが文藝復興《ルネサンス》の考へ方の根柢にあるものである。しかしこの根柢に深淺のあつたことも史實が證してゐる。その深淺は、さまざまの條件にもとづき、時には次元の異るものとさへ思はれることがある。仁齋《じんさい》の如く師傳をうけず、自ら獨學した人は、本來の原典籍に代々の註釋がつみ重ねられ、つひには倉一棟ほどの書物があるといふ事實を認識し、それに對し、毅然と處置しうるだけの心得のあつた人である。しかも國學の面では、かういふ心得は、契沖《けいちゆう》、眞淵をへて、宣長に到つて、まことに神業を思はせるものがある。仁齋は獨學の自由人として、諸多の註釋を原因として派生する學派を溫厚に避け、觀念の形態化をこばみ、古學をたてて孔子の心に直ちに接するといふ願ひから、過剩情報といふ亂世相を脫して、一擧に先王の代へかへらうとしたのである。この文藝復興的傾向を、輕薄に人間の復興と云つて了《しま》つた時、歐洲の近代社會は、底しれぬ腐泥の沼へ二歩三歩とあゆみをすすめてゐたわけである。

保田與重郎文庫20『日本の文學史』

# 十六、年を祝う意味

「年の初め」（昭和五十二年）

年の初めのめでたさを、終りなき世のためしとして祝うた。明治から大正生れの人びとならよくおぼえてゐる。しかし終りなき世といふのはどういふ意味か、多數の人は一種のことばのあやくらゐに思ひ、あまり考へてみなかつたのでなからうか。語句の意味は、永遠といふことである。秦の始皇帝が、秦國が永遠につゞくと考へ、またそれを願つて、一世二世とかぞへようとしたが、三代とつゞかなかつた。しかし今日でも、誰でも、東でも西でも、永久にとか、永遠のといふ言葉を氣輕にいつてゐる。

さういふ永遠といふ觀念についてのわが國の古い代々の考へ方では、願望や祈念でなかつた。それを生活として行つてきたのである。これが國の道だつた。觀念とか祈願として、つまり人の欲望から、永遠をいふものなら、さういふことはあり得ない。年の初めに、多くの人が嘘を云つてゐるといふことになる。

天上と地下を、ゆききして循環してゐるのが、水である。雨と降る水は、天から地におちて、また天へ還つていく。この循環現象を日本の神話は知つてゐた。だから地下の泉からわく水も、天津《アマツ》水《ミツ》と考へた。そして天つ水をさがすのが、最も重大な祭政の根元だつた。この水によつて、米を作つて人が生きてゆく、この生活の様式を、素朴に永遠と考へた。これが日本の神話の根柢の思想であり、また構造であり、いひかへると構想である。

もともと東洋の思想の特質の一つに、諸行無常は大きく考へられてゐた。しかし無常觀を觀念化して、これに片よると、本當の日本のくらしと、その道徳の根本と本態が理解されないこととなる。日本人の基本のくらしだつた、永遠の生活といふものについてきづかず、無常ばかりをいふのは、嘘を云つてゐるわけではないが、眞實をいつてゐるともいへない。無知が嘘をいふ結果となるわけである。ところでわれわれの知識は、この天地の間にあつて、濱の眞砂の幾粒くらゐにしか當らない。東洋人は、さういふ無の觀念から出發して、文學學藝を始めた。少くとも私らの青年時代はさういふ傳統の下にゐた。

　年の初めといふ、としといふ言葉は、米のことである。人の齡《ヨハヒ》をとしといふのも、米がもとである。米がもとといふことは、食つた米を意味し、人が社會において共同生活をしてゐるといふことをもととしたうへで、米作の年度をかぞへるのである。かぞへ年は、だから簡單にいふと、一年に一度とれる米を一とし、それをいくつ食べたかといふ勘定である。この點、滿年齡とは、考へ方としてまつたく異るものである。かぞへ年は、共同生活をもとにして考へられたものだが、滿年齡は個人の生きた日數といふものに立脚する。つまり個人主義の考へ方である。米にもとづき、米作りといふ共同生活にもとづく年のかぞへ方からして、共同生活の一年を無事おくり、また新しい出發がよみがへりとして始まる、この永遠の泰平といふ觀念に、年の初めのめでたさがある。

　米をつくり、それによつて生きてゆく生活といふものが、人生において永遠のものと考へたとしても、今だつて反對できないと思ふ。米を玄米のまゝ食ふときは、パンの生活とちがつて、ほゞ完全食に近いといふことも、今日の榮養學で實驗の結果として出てゐる。麥すなはち、パンの生活では、必ず家畜と牧場が必要だつた。牧場が必要だから、廣大な土地を支配するといふ縄張の必要と、侵略排他の考へ方が、生活の必要からして起つてくる。人一人がまともに暮して、耕作できる水田は五段（五十アール）で十分、欲ばつても、一人で五町（五百アール）は作れない。この米作りを基本とするとき、民族の生命に無常といふものはない。個人の諸行は無常でも、ふるくからの神話的生活は永遠である。この永遠の生活を守るものが、神を祭る主體であり、國體の實體《じつたい》といふべきものとして、永遠につゞくと信じたのが、日本のふるくからの考へ方だつた。明治以來よくいはれた國體の精華は、つまり米作りにその基礎があつたのである。

　天道は循環し、永遠であるといふのが、東洋の基本の考へ方である。わが國の祭りが、秋の取入れのあとで行はれたのは、酒にかもして、神に上《たてまつ》るといふことが、その事實だつたのである。天を祭るといつても、わが國では抽象的に天を祭つたのでなく、高《たか》天原《まのはら》の神々に米や酒を上ることが、祭りだつた。それをするのが天降《あも》りのときの神々とのとりきめだつたのである。そのときにいふことばがあつて、それが祝詞《ノリト》といはれるものである。その祝詞は何ごとをいふかといへば、この米は自分らの行つた農事の成果である、その農事は天降りのとき、神から親しく申しつけられたことを、神とともに、神にかはつて行つたのである、と申すのである。これで祭は竟《おわ》る。これが「ことをへまつる」である。

米や酒を供へ、このことばをいふとき、祭りは成り立つのである。ふるいむかし、陰暦のころの正月は米作りの完成したあとの季節で、そのゆゑに永遠のあかしが十分意識されるといふことがあつて、めでたいといふ實感が十分だつたのである。だからむかしの人は、何の意味もなくめでたいといつたわけでない。今日ならこれは嘘でないかと疑ふ人があるかもしれぬが、人がむかしながらの正統の暮しをしてゐるとき、農事始めに當る年の初めは、永遠のよみがへり、として、めでたいものだつたのである。

保田與重郎文庫27『校註　祝詞』

# 保田與重郎　略年譜〈年齢は数え年〉

明治43年　1歳　4月15日、奈良県磯城郡桜井町（現桜井市）に生まれる。
大正12年　14歳　畝傍中学校に入学。
昭和3年　19歳　大阪高等学校文科乙類に入学。
昭和5年　21歳　1月、同級の田中克己らと短歌誌「炫火《かぎろひ》」を創刊。
昭和6年　22歳　東京帝国大学文学部美学美術史学科に入学、美学を専攻。
昭和7年　23歳　3月、大阪高等学校同窓生と同人誌「コギト」を創刊（昭和19年9月終刊）、その中心的な存在となる。
昭和10年　26歳　3月、神保光太郎、亀井勝一郎、中谷孝雄らと「日本浪曼派」を創刊（昭和13年8月終刊）。のちに佐藤春夫、萩原朔太郎、伊東静雄、太宰治などが参加、一大文学運動となる。
昭和11年　27歳　『日本の橋』、『英雄と詩人』を刊行。
昭和12年　28歳　「日本の橋」その他の作品で池谷信三郎賞を受賞。
昭和13年　29歳　柏原典子と結婚。『戴冠詩人の御一人者』を刊行し北村透谷賞を受賞、新進文芸評論家としての地位を確立し、文壇でも旺盛な執筆活動をはじめる。
昭和14年　30歳　『後鳥羽院』『ヱルテルは何故死んだか』等を刊行。
昭和16年　32歳　『美の擁護』『民族と文藝』、『近代の終焉』等を刊行。
昭和17年　33歳　『古典論』『和泉式部私抄』『萬葉集の精神』『風景と歴史』等を刊行。日本文学の系譜を跡づける仕事を主とするとともに、いわゆる日本主義的言説がはびこる戦時にあって、独自の日本観と反西洋近代の立場から、さかんに時評を発表。
昭和18年　34歳　『蒙疆』『機織る少女』『芭蕉』『南山踏雲録』『文明一新論』等を刊行。
昭和19年　35歳　4月、私家版『校註祝詞』を刊行、出陣学徒に贈る。この夏から自宅は常時私服憲兵の監視するところとなる。9月に「鳥見のひかり」を発表、11月に「事依佐志論」、翌年4月に「神助

昭和20年　36歳　ノ説」を発表し『鳥見のひかり』三部作成る。この冬より病臥、年明けには瀕死の状態となる。3月、病中に応召。中国大陸に派遣されるも、石門に至り大患を得て軍病院に入院、そのまま敗戦を迎える。

昭和21年　37歳　5月に帰国、以後郷里の桜井の地で農業に従事する。戦後のジャーナリズムと知識人から指弾・黙殺を受ける一方、保田を慕う青年らが桜井に多数集まるようになる。

昭和23年　39歳　「追放令」G項該当者として公職追放となる。

昭和24年　40歳　保田を慕う青年らと「まさき會祖國社」を立上げ、9月、雑誌「祖國」を創刊(昭和30年2月終刊)。以後無署名の文章を毎号のように発表。

昭和25年　41歳　祖國社より『日本に祈る』『絶對平和論』を刊行。

昭和30年　46歳　7月、総合誌「新論」を創刊(昭和31年1月終刊)。

昭和32年　48歳　3月、歌誌「風日」を創刊。同月、京都に教育図書出版社「新学社」を設立。

昭和33年　49歳　12月、京都の鳴滝に新居を定め、「身余堂」と命名。

昭和35年　51歳　『述史新論』の著述を発意する。

昭和38年　54歳　「新潮」に「現代畸人傳」の連載をはじめ、戦後の文壇ジャーナリズムに再登場する。新学社より、佐藤春夫が監修しみずから編集した『規範国語読本』を刊行。

昭和39年　55歳　『現代畸人傳』を刊行。

昭和40年　56歳　『大和長谷寺』を刊行。大津の義仲寺再建に尽力し、落慶式を主宰。

昭和43年　59歳　『日本の美術史』を刊行。

昭和44年　60歳　『日本浪曼派の時代』等を刊行。

昭和46年　62歳　歌集『木丹木母集』等を刊行。

昭和47年　63歳　『日本の文學史』等を刊行。

昭和51年　67歳　落柿舎第13世庵主となり、「落柿舎守当番」と称する。

昭和56年　72歳　10月4日、肺癌のため死去。

# 保田與重郎の見た「日本」を求めて

佐藤一彦

保田與重郎がその眼で見、その肌で感じ、深く思いをめぐらせた「日本」とは、いったいどのようなものだったのだろうか。本書にDVDとして収められた映像、『自然《かむながら》に生きる――保田與重郎の「日本」』の撮影と編集を進めながら、そのことがいつも頭から離れなかった。

小型のハイビジョンカメラを用い撮影を行った期間は、平成二十年の末から同二十二年春にかけての約一年四ヵ月である。撮影場所は、保田與重郎が生まれた奈良県桜井市を中心に、明日香村、宇陀市、曽爾村、吉野町など広く大和と呼ばれる一帯で、それに、保田が敬愛した後鳥羽院ゆかりの地である島根県隠岐と、保田の墓がある滋賀県大津市の義仲寺、そして最後の住居だった京都・鳴滝にある身余堂を加えた各地域である。

撮影を進める中で、カメラマンの本田茂と構成・演出の担当である私が、ともに強く感じていたのは、保田與重郎が繰り返し述べる「自然《かむながら》」の一語を、映像としていかにとらえるかということだった。言うまでもなく「自然《かむながら》」は、保田與重郎の思想の中に深く意味を落とす重要な言葉で、決してネイチャーの訳語としての自然ではない。それは、古くから日本の風景や暮らしの中におのずと潜在してきた「何か」なのであろう。たとえば、

満開の桜が漂わすそこはかとない空気の柔らかさであったり、冬どきに山合いの谷間から立ちのぼる霧のなんとも神秘的な流れであったり、あるいは、緑あふれる真夏の稲田に充満するまぶしいまでの生命感であったりと…。ともかく、我々日本人が自然に対して抱く共感や敬意や感謝のようなものすべてを含みとらえ、それを保田與重郎が言う「自然《かむながら》」だと仮に思い定めて、一年を超す長い期間の撮影を続けた。おおむね「自然《かむながら》」はそのさまざまな姿を我々に見せてくれたように今は思っている。

とくに定点観測のように撮影を進めた二つの場所への印象は深い。ひとつは、桜井市の大神《おおみわ》神社でおこなわれている太古から続く稲作のための神事。豊年講に参加する近在の農家の人たちが神社の神田で実際に米を育て、収穫された米は神に奉られた。そこには古代の新嘗の姿が今も生きていた。もうひとつは、桜井に隣接する明日香村稲渕《いなぶち》地区で一年を通して記録し続けた棚田での米づくりのすべてである。山からの水を田に引き、イネを苗から植えて丁寧に育てあげる米づくりの実際をつぶさに見ると、それが文字どおり、自然との深い交歓作業であることがひしひしと伝わってきた。今やいたるところで市街化が進み、変貌すさまじい現代日本だが、目を凝らせば、ネイチャーとはたしかに異なる「自然《かむながら》」の感触がまだまだ生きているように思えてきた。いや、目に映る景観がたとえどんなに変わろうとも、変わることのない「自然《かむながら》」の根っこは、我々の周囲に留まりつづけているように受けとめるべきなのかもしれない。

保田與重郎が見た「日本」。それは決して幻視ではない。季節のめぐりに寄り添うように、我々の眼と身体のほんのちょっと先に、今もたしかに待ち受けているのだ。カメラを通して接したさまざまな映像は、そのことを改めて教えてくれたように感じている。

（映像プロデューサー／立教大学現代心理学部・映像身体学科教授）

保田與重郎生誕百年記念映像

**『自然《かむながら》に生きる――保田與重郎の「日本」』**

**スタッフ・クレジット**

語り　檀　ふみ
朗読　草柳隆三
特別出演　菅原文太
インタビュー出演　谷崎昭男（相模女子大学学長／義仲寺無名庵　庵主）
前田英樹（立教大学現代心理学部教授）

〈撮影協力〉
・大和地区　大神神社
稲渕棚田ルネッサンス実行委員会
寺西　章

寺西和子
山本善重
稲渕大字のみなさん
今西酒造株式会社
橿原ロイヤルホテル
株式会社奈良県中和営繕
大和桜井フィルムコミッション
明日香村
奈良県

・京都地区　松尾大社
宮内庁書陵部　桃山陵墓監区事務所

・滋賀地区　義仲寺

・隠岐地区　西ノ島町観光協会
隠岐観光株式会社
中ノ島町観光協会
後鳥羽院資料館
宮内庁書陵部　月輪陵墓監区事務所
村上助九郎
隠岐の島観光協会
玉若酢命神社（隠岐家）
五箇牛突き保存会

---

監修　前田英樹（立教大学現代心理学部教授）
協力　保田典子
　　　保田　節

〈スタッフ〉
音楽　ツルノリヒロ
撮影　本田　茂
照明　高坂俊秀
音声　野澤勝一
編集技術　椿　学
整音　石山智弘
広報　片山　恵
制作進行　中山仁美
協力　立教大学現代心理学部・映像身体学科
（佐藤和広　橋本昌幸　三條　陸　折坂美帆）
企画・プロデューサー　長嶋顕信（株式会社 新学社）
プロデューサー　彦由真希（株式会社 オフィスボウ）
制作協力　株式会社オフィスボウ
構成・演出　佐藤一彦
製作総指揮　中井武文（株式会社 新学社）
製作・著作　株式会社 新学社

〈DVDご使用上の注意〉

●DVDは映像と音声を高密度に記録したディスクです。12センチDVD対応のプレーヤーで再生して下さい。尚、DVDドライブ付PCやゲーム機などの一部の機種では再生できない場合があります。ご了承下さい。

●ディスクは両面とも指紋・汚れ・キズ等をつけないように取扱って下さい。

又、ディスクに対して大きな負担がかかると微小な反りが生じ、データの読み取りに支障をきたす場合もありますのでご注意下さい。

●ディスクが汚れたときは、メガネふきのような柔らかい布を軽く水で湿らせ、内側から外側に向かって放射状に軽くふき取って下さい。レコード用クリーナーや溶剤等は使用しないで下さい。

●視聴の際は明るい部屋で、なるべくテレビ画面より離れてご覧下さい。長時間続けての視聴は避け、適度に休憩をとって下さい。

●このディスクを無断で複製、放送、上映、配信することは法律により禁じられています。

［DVDの破損及び不具合に関するお問い合わせ］

附録DVDのデュプリケーションや製本時の保護については十分な注意を払っておりますが、万一附録DVDに物理的な破損があった場合には、破損DVDを添付の上、書面にて問い合わせ先までご連絡ください。良品と交換いたします。ただし、再生ハードやソフトの原因による動作不良はこの限りではありませんのでご了承ください。また、DVDに対する電話のお問い合わせには対応しておりません。お問い合わせは左記の連絡先まで書面にてお願いいたします。

連絡先　〒162-0841　東京都新宿区払方町14-1
㈱新学社「保田與重郎を知る」係

前田 英樹（まえだ・ひでき）

1951年生まれ。批評家、立教大学教授。主な著書に『沈黙するソシュール』、『言語の闇をぬけて』、『言葉と在るものの声』、『小林秀雄』、『セザンヌ 画家のメチエ』、『独学の精神』、『日本人の信仰心』などがある。

保田與重郎を知る

平成二十二年十一月二十六日 第一刷発行

著者 前田英樹

発行者 中川栄次

発行所 株式会社新学社

郵便番号六〇七—八五〇一 京都市山科区東野中井ノ上町一一—三九

印刷 大日本印刷株式会社 製本 東京美術紙工協業組合

 ISBN978-4-7868-0186-0

価格はカバーに表示してあります。

落丁本、乱丁本は左記の「保田與重郎を知る」係までお送りください。

送料小社負担でお取り替えいたします。

お問い合わせは、郵便番号一六二—〇八四一 東京都新宿区払方町一四—一 新学社 東京支社

電話〇三—五二二五—六〇四四までお願いします。

# 保田與重郎関連書籍案内

私の保田與重郎　生誕100年記念出版　ゆかりある各界ー72人の感懐　定価4200円
ISBN978-4-7868-0185-3

保田與重郎のくらしー京都・身余堂の四季　写真＝水野克比古　定価4200円
ISBN978-4-7868-0163-1

保田與重郎のくらしー京都・身余堂の四季　愛蔵版　保田の書複製4点付　定価9450円
ISBN978-4-7868-0162-4

規範国語読本　佐藤春夫監修・保田與重郎編纂　全国民向け国語読本　定価1260円
ISBN978-4-7868-0171-6

花のなごりー先師　保田與重郎　谷崎昭男著　保田門下の著者が描く　定価2310円
ISBN4-7868-0021-X

集成　落柿舍十一世庵主　工藤芝蘭子　芝蘭子句集／保田與重郎他文　定価2000円
ISBN4-7868-0013-9

## 【保田與重郎文庫】

1 改版 日本の橋 定価７５６円
ISBN4-7868-0022-8

2 英雄と詩人 定価１２６０円
ISBN4-7868-0023-6

3 戴冠詩人の御一人者 定価１０４０円
ISBN4-7868-0024-4

4 後鳥羽院（増補新版） 定価９９８円
ISBN4-7868-0025-2

5 ヱルテルは何故死んだか 定価７５６円
ISBN4-7868-0026-0

6 和泉式部私抄 定価７１４円
ISBN4-7868-0027-9

7 文學の立場 定価９９８円
ISBN4-7868-0028-7

8 民族と文藝 定価１０４０円
ISBN4-7868-0029-5

9 近代の終焉 定価１０４０円
ISBN4-7868-0030-9

10 蒙疆 定価１０４０円
ISBN4-7868-0031-7

11 芭蕉 定価１０４０円
ISBN4-7868-0032-5

12 萬葉集の精神 定価１８１７円
ISBN4-7868-0033-3

13 南山踏雲録 定価１３２３円
ISBN4-7868-0034-1

14 鳥見のひかり／天杖記 定価１０４０円
ISBN4-7868-0035-X

15 日本に祈る 定価１０４０円
ISBN4-7868-0036-8

16 現代畸人傳 定価１２６０円
ISBN4-7868-0037-6

17 長谷寺／山ノ邊の道／京あない／奈良てびき 定価１３２３円
ISBN4-7868-0038-4

18 日本の美術史 定価１５９６円
ISBN4-7868-0039-2

19 日本浪曼派の時代
ISBN4-7868-0040-6 定価1260円

20 日本の文學史
ISBN4-7868-0041-4 定価1596円

21 萬葉集名歌選釋
ISBN4-7868-0042-2 定価1260円

22 作家論集
ISBN4-7868-0043-0 定価1323円

23 戰後随想集
ISBN4-7868-0044-9 定価1040円

24 木丹木母集
ISBN4-7868-0045-7 定価714円

25 やぽん・まるち－初期文章
ISBN4-7868-0046-5 定価1323円

26 日本語錄／日本女性語錄
ISBN4-7868-0047-3 定価1323円

27 校註祝詞
ISBN4-7868-0048-1 定価1082円

28 絶對平和論／明治維新とアジアの革命
ISBN4-7868-0049-X 定価1323円

29 祖國正論Ⅰ
ISBN4-7868-0050-3 定価1418円

30 祖國正論Ⅱ
ISBN4-7868-0051-1 定価1418円

31 近畿御巡幸記
ISBN4-7868-0052-X 定価1428円

32 述史新論
ISBN4-7868-0053-8 定価1323円

## 【近代浪漫派文庫】

1 維新草莽詩文集
ISBN978-4-7868-0059-7 定価1410円

2 富岡鉄斎／大田垣蓮月
ISBN978-4-7868-0060-3 定価1410円

3 西郷隆盛／乃木希典
ISBN4-7868-0061-9 定価1370円

4 内村鑑三／岡倉天心 定価1430円
ISBN4-7868-0062-7

5 徳富蘇峰／黒岩涙香 定価1410円
ISBN4-7868-0063-5

6 幸田露伴 定価1390円
ISBN4-7868-0064-3

7 正岡子規／高浜虚子 定価1430円
ISBN4-7868-0065-1

8 北村透谷／高山樗牛 定価1410円
ISBN4-7868-0066-X

9 宮崎滔天 定価1370円
ISBN4-7868-0067-8

10 樋口一葉／一宮操子 定価1430円
ISBN4-7868-0068-6

11 島崎藤村 定価1390円
ISBN4-7868-0069-4

12 土井晩翠／上田敏 定価1370円
ISBN4-7868-0070-8

13 与謝野鉄幹／与謝野晶子 定価1430円
ISBN4-7868-0071-6

14 登張竹風／生田長江 定価1410円
ISBN4-7868-0072-4

15 蒲原有明／薄田泣菫 定価1410円
ISBN978-4-7868-0073-3

16 柳田国男 定価1370円
ISBN4-7868-0074-0

17 伊藤左千夫／佐佐木信綱 定価1390円
ISBN4-7868-0075-9

18 山田孝雄／新村出 定価1370円
ISBN4-7868-0076-7

19 島木赤彦／斎藤茂吉 定価1430円
ISBN4-7868-0077-5

20 北原白秋／吉井勇 定価1430円
ISBN4-7868-0078-3

21 萩原朔太郎 定価1430円
ISBN4-7868-0079-1

22 前田普羅／原石鼎 定価1410円
ISBN978-4-7868-0080-1

23 大手拓次／佐藤惣之助 定価1410円
ISBN4-7868-0081-3

24 折口信夫
ISBN4-7868-0082-1
定価１４３０円

25 宮沢賢治／早川孝太郎
ISBN4-7868-0083-X
定価１４１０円

26 岡本かの子／上村松園
ISBN4-7868-0084-8
定価１３７０円

27 佐藤春夫
ISBN4-7868-0085-6
定価１３８６円

28 河井寛次郎／棟方志功
ISBN4-7868-0086-4
定価１３７０円

29 大木惇夫／蔵原伸二郎
ISBN4-7868-0087-2
定価１４３０円

30 中河与一／横光利一
ISBN4-7868-0088-0
定価１４１０円

31 尾﨑士郎／中谷孝雄
ISBN4-7868-0089-9
定価１３９０円

32 川端康成
ISBN4-7868-0090-2
定価１３７０円

33 「日本浪曼派」集
ISBN978-4-7868-0091-7
定価１４１０円

34 立原道造／津村信夫
ISBN4-7868-0092-9
定価１３７０円

35 蓮田善明／伊東静雄
ISBN4-7868-0093-7
定価１４１０円

36 大東亜戦争詩文集
ISBN4-7868-0094-5
定価１４１０円

37 岡潔／胡蘭成
ISBN4-7868-0095-3
定価１３５０円

38 小林秀雄
ISBN4-7868-0096-1
定価１４１０円

39 前川佐美雄／清水比庵
ISBN978-4-7868-0097-9
定価１４１０円

40 太宰治／檀一雄
ISBN4-7868-0098-8
定価１４１０円

41 今東光／五味康祐
ISBN4-7868-0099-6
定価１４１０円

42 三島由紀夫
ISBN978-4-7868-0100-6
定価１４３０円